32분의 1

32분의 1

중동 건설현장의 유일한 여성, 사막에서 꿈을 키우다

이지영 지음

자유문고

프롤로그

나는 평범한 사람이다.

비즈니스의 귀재도, 성공한 사업가도 아니며, 특별히 대중의 관심을 받아본 적도, 특출나게 내세울 것도 없는 보통사람일 뿐이다.

따라서 이 책은 당신에게 10억을, 또는 100억을 벌게 해줄 수 있다고 얘기하지 않는다. 그렇다고 이 책이 당신에게 삶의 의미를 찾는 '비밀'을 가르쳐준다거나, 회사나 가정에서 인정받는 사람으로 만들어주겠다는 약속 또한 하지 않는다.

그저 이민 1.5세대로 호주에서 자란 내가 우연히 중동이라는 생소한 곳에 가게 되면서, 그때까지 다녔던 세련된 그 어떤 직업과도 무관한 건설 현장에서 꿈을 이루어 가는 얘기를 하고 싶었다.

노가다도, 비즈니스맨도, 금융인도 아닌 내가 건설의 중심인 중동에서 현장을 뛰고, 영업을 하고, 더 큰 도전을 하기 위하여 열정적으로 땀을 흘린 이야기를 하고 싶었다.

그래서 언젠가 나의 기억이 희미해져 힘들고 기뻤던 순간들이 사라져 버린다 해도, 누군가 나의 얘기를 읽고 '아, 그때 중동에서 그 사람에게 그런 일이 있었구나.'라고 재미있어 했으면 하는 작은 바람이 있기 때문이다.

그렇다. 어쩌면 난 그저 이야기꾼story teller일 뿐이라고 말할 수 있겠다. 나는 이 책에서 성공을 위한 기술이나 요령, 실무 등을 제시하지 않는다. 아니 그럴 능력이 아예 없다.

말했다시피 이 책은 독자에게 돈을 많이 벌라고, 크게 성공하라고 쓴 책이 아니다. 나 또한 돈을 벌거나 유명해지기 위해서, 혹은 내가 가지고 있는 어떤 영업 비밀을 세상에 알리려고 이 책을 쓴 것이 아니다.

다만, 세상을 향한 도전을 꿈꾸고 있거나, 마음속 깊이 묻어두었던 꿈을 현실화시키고 싶지만 두려움에 망설이고 있거나, 그 꿈을 비웃는 다른 사람들이 두렵다면, 이 책을 읽고 작은 희망이라도 얻기를 바랄 뿐이다. 나의 꿈 또한 아직 ~ing, 현재 진행 중이기 때문이다.

'그 누구도 너에게 무언가를 할 수 없다고 얘기하지 못하게 하라. 원하는 것이 있으면, 나가서 그 꿈을 이루어라. 그것뿐이다. 누군가 너에게 무언가를 할 수 없다고 얘기한다면, 그것은 자신들이 할 수 없기 때문이다.'

–영화 '행복을 찾아서Pursuit of Happiness' 중에서 –

2009년 Al Reem 현장 첫 콘크
리트 타설 중 타임 캡슐에 넣었
던 현장 인증. 언젠가 다시 꺼내
볼 수 있는 날이 올까?

나의 꿈을 항상 응원해주고 내가 여기까지 올 수 있게 함께해
준 내 매니저 김성민, 노트북 한 구석에 있는 이 글을 책으로
세상에 나올 수 있게 용기를 준 JD, 그리고 내가 가장 어려울
때 나를 이끌어준 Jay, 감사하고 또 사랑합니다.

2016년 10월의 가을날에
이지영 씀

*본문에는 현장의 모습을 생생하게 전하기 위해 건설현장에서 쓰는
비표준어들을 그대로 사용하였습니다.

또 다른 도전
-'인샬라'와 '빨리빨리'가 만났을 때

다시는 중동 방향으로 고개도 안 돌리겠다고 2년 전에 다짐했던 나다.

땀으로 샤워를 하는 듯한 더위, 사우나보다 찝찝한 습도, 하루에도 몇 번씩 꺼지는 느린 인터넷, '인샬라!'라는 한마디로 모든 일이 지연되는 중동은, 성질 급하고 고약한 나에게 정말 내 안의 모든 인내심을 이끌어 내고도 모자라 현장 근무 4년 동안 2번이나 눈물을 펑펑 짜내게 했던 곳이다.

'한국에서 살리라. 나의 독립생활을 위해, 자란 곳은 아니지만 그래도 인터넷 빠르고 먹을 것도 많은, 자라면서 비디오에서만 보던 그 불빛이 밝은, 부모님 고향에서 잠시라도 살아보리라.' 굳게 다짐하고 오피스텔을 나만의 공간으로 만들며 열심히 회사에 헌신하던 나는 "방 빼라"는 팀장님의 한마디에 또 다시 비즈니스 노숙자business homeless의 생활로 돌아갔다.

외국을 오가며 집보다 호텔에서 생활을 더 많이 하던 나에게

'안정'이라는 단어는 어울린 적이 없었다.

'내가 원했던 삶이야.' 수없이 내 자신을 위로하며 달래 보아도, 가끔 친구들의 결혼 소식을 들을 때나 친구 아이들의 사진을 받아 볼 때면, 진정 내가 원하는 삶이 이런 떠돌이 생활이었나, 하는 고민에 빠지기도 한다.

"이런 X발! 방수가 왜 터진 거야? 현장에는? 아무도 없는 거야? 왜 일을 그 따위로 하는 거야? 방수 터지면 공기가 얼마나 지연되는 줄 알아? 당장 상황 파악해서 보고해!"

3공구 설계로 인해 작업 중단 2달. 작업 다시 해도 된다는 발주처의 현장 지시site instruction가 나온 지 일주일 후. 공사팀장, 공구장 모두 휴가 중…….

정말 이런 상황에는 사표를 던지고 당장 비행기표를 구해 어디론가 날아가 코코넛이나 팔며 살아도 좋겠다는 생각이 현실로 다가오는 순간이다.

8월 중순. 온도는 53도, 습도 90%. 눈조차 뜨기 힘든 강한 먼지 바람에 모래바람.

방수업체는 현지 업체. 모든 작업은 지연. 말도 안 듣고, 툭 하면 계약서 들이대고…….

현장에서 한국 욕이라는 욕은 다 배웠을 정도로 현장은 정신없고, 가끔 내가 왜 이 꼴로 살고 있나 싶을 정도로 모욕감도 느끼는 매 순간 나는 눈을 감고 다짐한다.

'2년. 딱 2년만 이 짓거리 한다. 공기 2년. 단 하루도 넘기지 않을 거야.'

남들하고 똑같이 살기 싫었다.

어려서부터 남들과는 다르게 살고 싶었다. 세상이 좁아 보였다. 내 고향, 호주라는 대륙도 나에게는 좁게 느껴졌다. 세상이 보고 싶었다. 세상 사람들이 사는 다른 모습이 궁금했다. - 이건 핑계의 일부분이고, 나머지는 어쩌면 아주 단순한 이유, 외국까지 이민 와서 한국 방식의 삶을 이민 1.5세인 나에게

알림Al Reem 현장 발령 첫 Team과의 CAN MEETING.

강요하던 부모님의 숨 막힌 품에서 벗어나고 싶었던 반항심이 더 컸을 것이다.

그래서 떠났다. 무작정…….

내가 태어난, 조국이라는 이름을 가진 대한민국.

'오! 필승 코리아. 짝짝 짝 짝짝!' 월드컵의 열기로 세계에 그 역동성을 알린 다이나믹 코리아Dynamic Korea!

호주 전체 인구의 반쯤 되는 사람들이 북적거리고 있는 서울. 여기서 잠시 머물다가 남아공으로 가리라고 계획했다. 그런데 내가 1년 뒤에 도착한 곳은 이름도 낯선, 중동에 있는 두바이……

한국에서 입사한 첫 직장에서 두바이 지사장으로 발령받은 것이다. 그리고 두바이에서 이라크를 오가며 1년 반을 지내게 된다. (그 당시 이라크는 김선일 씨 참수 사건으로 한국인 입국 금지령이 내려진 시기였으나 나는 호주 시민권자라서 자유롭게 다닐 수 있었다.)

그 당시 세상 사람들은 두바이를 사막 위의 기적이라며 찬탄하고 있었지만, 나로서는 그곳에서 1년을 넘게 견딘, 그 자체가 기적이었다.

한참 건설 붐이 일어났던 2005년 당시, 나는 회사의 두바이

총을 들고 수행하는
이라크 현지인.

지사장으로서 이라크 병원 공사 현장에서 자재와 인력, 수주
영업을 맡아 하루 2~3시간만을 자며, 눈물 나게 힘든 도전을
하고 있었다.

두바이에 도착한 달은 3월. 좀 덥다 싶긴 했지만, '중동이 겨
우 이 정도의 더위구나. 역시 더운 나라 호주사람인 나는 더위
에 적응을 참 잘해. 하하.'

그리고 다가온 6월과 7월… 8, 9월의 라마단Ramadan…, 라마
단에 대해서는 뒤에 다시 설명을 하겠다.

'45도를 넘나드는 더위와 60%가 넘는 습도… 이것이 중동의
더위구나.……' 몹시 덥다고 했더니 옆에 있던 현지인이 웃으
며 하는 말, "지금은 봄이야."

애기했듯이 나는 성격이 급하다 못해 불이다. 이런 나에게 하
늘은 인내심을 가르쳐주려 했는지 "인샬라InSha' Allah", 이 한

마디로 모든 것이 정리되는 아랍에미리트에서 첫 중동 경험을 하게 하였다.

지사 설립 시도 첫날.

미리 전화로 확인하여 한국에서 준비한 서류를 들고 당당히 Jafza Freezone(두바이 자유무역지대)으로 들어가 제출했더니 다른 서류를 준비해서 오라고 하였다. '그래, 빠진 것이 있을 수 있지. 그럼~'

다시 준비하여 다음날 가니 준비해야 할 서류들이 더 있었다. '음… 그래, 내일 다시 오면 되지.'

견디기 힘든 더위 속에 제벨알리 프리존Jebel Ali Freezone을 일주일 동안 오갔다. 그리고 모든 서류가 제출되고, 다 되었으니 다음날 오라고 하였다. '아, 드디어 끝이 나는구나.'

그때까지는 몰랐다.

"Come tomorrow. All ready. InSha' Allah."

그 당시 인샬라의 의미를 알았더라면 난 그리 기뻐하지 않았을 것이다.

인샬라… 신의 축복이 있기를. 원문으로 따지면 이런 의미다. 하지만 아랍에미리트에서 인샬라의 의미는, 되건 안 되건 그건 그때 가봐야 알아, 라는 의미를 뜻한다. 그렇다. 모든 일은 신의 뜻이다. 일이 늦어지는 것도, 약속 시간에 평균 1시간 정도는 늦는 것이 기본인 것도, 계약 파기도, 차를 길 한가운데에 세워두고 가게에 가는 것도, 공무원들이 제 시간에 출근을 안 하는 것도, 점심 먹으러 가서 안 돌아오는 것도, 다, 전부 다, 신의 뜻이다.

그리고 오히려 "빨리빨리"에 적응되어 있는 우리를 되레 이상하게 생각한다.

나는 항상 미팅 시간 10분 전에 도착하는 습관이 있는데, 그들이 늦게 도착해서 으레 하는 말이 '왜 당신은 항상 빨리 와서 기다리고 있냐?'는 거였다. 인샬라, 신의 뜻에 따라 어떻게 될지도 모르는데 말이다.

그래서 난 그 이후로 미팅 때 10분 간격으로 전화를 해서 그들의 행방을 다시 확인하는 버릇이 생겼다. 물론 그들에게 "5분이면 도착해."가 30분이 될 수 있다는 것도 명심하면서 말이다.

오늘도 현장에서는, "No, 인샬라. 임마! 오늘까지 와서 일을 끝내야 해!"라는 부장님들의 외침이 여기저기서 들려온다.

알라Allah의 방에는 분명 시계가 없을 것이다.

중동에서 한국 사람은 두 가지 이유로 죽는다고 한다.

하나는 차 사고로, 둘은 속 터져서.

하지만 어찌할 것인가?…….

중동에서의 생활 동안 위궤양이나 정신병에 걸리지 않기 위해서는 이러한 '인샬라' 라이프스타일에 하루 빨리 적응하는 것이 현명하다.

가끔 구조팀 엄 과장님과 재미있는 내기를 하곤 한다. 마지막 공정 회의 때 우리도 '인샬라'를 꼭 한 번 해보자고.

우리 소장님이 가장 자주 하는 말은 "언제 끝낼 건데? 그래서 언제 할 건데?"이다. 이때 당당히 "네, 오늘 오후까지 끝내겠습니다! 인샬라~"라고 대답하는 것이다.

물론 지금까지 아주 소심한 시도는 해본 적이 있다.

역시 '언제까지 끝낼 수 있냐'는 소장님의 물음에 엄 과장님이 입을 열었다. '설마 이 인간이 오늘?'

"아, 모래까지는 끝내겠습니다. 인······"

나는 설마 하는 다급한 마음으로 엄 과장님의 옆구리를 찔렀다. 그리고 속으로 외쳤다. '오늘은 안 되지. 마지막 공정 회의 때라니까! 뒷감당이 되는 때 해야지!'

"아, 인~ 쟈, 시작을 해서요. 하하."

이놈이 지금 갑자기 사투리는 왜 쓰는 거야?, 라는 표정으로 소장님이 엄 과장님을 바라보긴 했지만, 지금까지도 그날 만약 '인샬라'라고 얘기했다면 소장님은 어떤 표정을 지었을까? 재미있는 상상을 해본다.

외국에서 소수민족의 일원으로 살아간다는 것은, 80년대만 해도 그다지 쉬운 일이 아니었다.

부모님은 자식들에게 큰 세상을 보여주겠다는 의지 하나만으로 딸 둘을 데리고 호주라는 나라로 이민을 가셨다.

그때까지만 해도 외국을 다니는 것이 그다지 자유롭지 않을 때라 (특히 호주는 당시만 해도 생소한 나라였다) 시드니에 정착한 우리는 한국 사람과 비슷하게 생긴 사람을 길거리에서 만나면 뛰어가서 물어 볼 정도로 한국인들이 없었다.

엄마가 거기 가면 바나나를 하루 종일 먹을 수 있고, 영어도 할 수 있다는 말에, 어린 나이에 난 동생의 손을 잡고, 사촌 오빠가 준 곰 인형을 품에 안고, 다시는 못 볼 것 같은 마음으

로 펑펑 울던 친척들을 뒤로하고 싱가포르를 경유해 시드니에 도착했다.

알았을까? 그 나이에. 얼마나 험난하고 힘든 삶이 내 앞을 가로 막고 있었는지를……

'이'씨 성을 가진 나에게 호주 아이들은 중국 액션 배우 이소룡의 영어 이름인 브루스 리Bruce Lee를 떠올리며 그의 조카냐며 놀려댔고, 엄마가 점심으로 싸준 김밥이 냄새가 난다며 따로 멀리 떨어져 앉아 옆에 오지도 못하게 했다.

겨울에 입혀주신 내복을 입고 잔다는 생각에 '파자마pajama'라고 대답했다가 잠옷 입고 학교 온다고 놀림 받았고, 서투른 영어 발음에 아이들은 '칭 칭ching chong"(중국 이민자들의 눈이 찢어졌다고 놀리던 말) 하며 내 눈을 옆으로 잡고 놀렸다.

엄마가 생일 선물로 사준 시계가 교실에서 없어지는가 하면, 툭하면 학교 앞에 '아시아 아웃Asia Out'이라는 벽 낙서spray paint가 나타나곤 했다.

싸우지도 못하고, 말도 못하는 벙어리, 바보가 된 나는 어린 나이에 화장실에서 울면서 다짐했다. '싸워야 한다. 그리고 이겨야 한다.'

그때부터 나는 지금의 나를 만들고, 수많은 편견을 깨기 위한 준비를 했다. 더불어 싸움닭이 되어야만 했다.

중학교 때 엉뚱하게 셰익스피어Shakespeare를 첫사랑으로 삼았

고, 대학에 들어가서는 동양인들은 별로 관심을 두지 않는 역사학·사회학·심리학을 공부했으며, 한국을 알리려고 한국 TV 프로그램을 번역 및 통역하기도 하였다. 사회에 나와서는 여자이기 때문에, 그리고 소수민족이기 때문에 당하는 편견을 깨기 위해 나만의 세상 공부를 시작했다.

호주에서의 싸움이 소수민족으로서의 싸움이었다면, 한국에 와서는 여성으로서의 싸움이었다.

남자가 다수인 건설회사에서도 여자는 나 혼자뿐인 해외 건축 사업팀, 그리고 여자는 보내지 않는다는 중동 현장.

내 싸움은 이제부터 시작이었다.

두바이에서 이라크로 인력을 보내는 일은 생각보다 쉽지 않다. 많은 국가들이 이라크 인력 송출을 불법으로 하고 있었기 때문이다. 특히 필리핀 엔지니어들이 쓸 만한데, 필리핀은 이를 금지하고 있다.

한 번에 100명에서 300명 가까이 보내야 하는 내 입장에서는 이라크 번호만 뜨면 전화기를 변기통에 버리고 싶을 만큼 두려웠다.

"이 대리, 다음 주까지 석공mason 10명, 목수carpenter 30명, 철근 30명, 일반 노동자general labor 50명, 이렇게 우선 보내! 그리고 터빈turbin이나 성이 싱이Singh인 스리랑카 애들은 보내지마! 아, 그리고 꽁치랑 소주 좀 보내라! 이상!"

현장 소장 이상으로 현장을 누볐던 이라크 400병상 프로젝트 김 이사님.

현장에서 소장만큼 직원들에게 두려운 존재는 없다. 나에게는 김 이사님이 그랬다.

특히 그 소장이 70년대 현대건설 출신이면 더 그렇다. 성질 급하고, 욕 잘하고, 줄담배와 간혹 열 받으면 날아오는 재떨이… 김 이사님은 뼛속까지 현대인인 분이었다.

그래도 김 이사님은 나에게 아버지 같은 존재였다. 여자가 이라크까지 와서 뛰어다니는 모습이 안쓰러웠는지, 소리를 지르다가도 한 번씩 데리고 나가서 담배 한 대 주며, "야, 임마. 현

우리 현장에서 거북이 할아버지로 통했던 전기 기술자. 항상 웃는 모습으로 무엇을 부탁해도 열심히 해주었다.

장은 다 그런 거야. 그래도 힘내야지."라고 격려해주곤 했다. 지금도 가끔 중동에서 눈물이 날 만큼 힘들 때면 김 이사님의 담배가 그립다.……

대한민국 10위 안의 건설회사. 나는 그곳의 해외 건축 사업 부문의 대리.
우리 '노가다'에게 해외에서 가장 중요한 것은 먹는 것이야.
"에이 씨, 왜 간식 안 와?" 시계가 9시를 넘어 10분이 되어가면 난 어김없이 전화통을 들어. 현장에서의 내 배꼽시계는 절대 오차가 없지.

"이 대리, 왜 빵 안 오냐?"라고 부장님, 과장님, 차장님, 한 분 한 분이 모두 한마디씩 하신다. '전화 지금 하고 있습니다. 하고 있다고요.'

특히 밥시간은 더더욱 그렇지. 내가, 금융회사에서 아르마니 정장을 차려입고 샐러드나 먹던 내가, 언제부터, 왜 이러지, 이렇게까지 빵에 집착하는데?

"또 인디안 빵이네, 좀 다른 거 없어? 제발 다른 것 좀 보내면 안되나?"

"예산"이라는 한마디면 끝인 걸 알면서도 난 오늘도 아침부터 투덜거리며 하루를 시작하지.

"우리 이 대리도 이제 노가다 다 됐네, 하하" 하시는 부장님 말씀에 이제 난 예전처럼 굳이 아니라고 반박하지도 않아.

현장에서 내가 관리팀과 싸워야 하는 일은 거의 먹는 것 때문이야.

"야, 음료수 아침마다 보내라고 했지!"

"이 주임, 커피, 설탕, 프림 떨어졌다."

"우리 새벽에 공구리치면 참(간식) 먹어야 해!"

거의 이런 내용의 유치한 대화가 한국에서는 우스갯소리로 들릴지 몰라도 50도가 넘나드는 더위에 현장을 뛰어다녀야 하는 우리에게는 마시는 것만큼, 먹는 것만큼 중요한 것도 없어.

콜라, 커피믹스, 담배, 얼음물이 결국 이 현장의 기반이며 중심을 지키는 것들이야.

먼지바람 사이를 달리는 내가,
내 머리보다 큰 안전모를 쓰고 다니는 내가,
괜찮다고 웃는 내가,
우습다…….

기회의 땅, 이라크

북이라크의 쿠르디스탄Kurdistan은 자치 정부가 있고, 대한민국 자이툰부대가 배치되어 있던 아르빌이 있는 지역이다. 그린 존Green zone, 그나마 이라크에서는 안전지대다.

그렇다고 안심할 수는 없다. 가끔 터지는 자살폭탄 사건은 심장을 철렁~하게 만든다. 실제로 내가 아르빌에 갈 때 가끔 머물던 호텔에 폭탄테러 사건이 발생해서 사람이 죽기도 했다는 뉴스는, 이라크를 떠난 몇 년 후까지도 내 머리를 어지럽게 했었다.

얼마 전에는 크루드에 가면 나를 항상 반겨주던 친구가 폭탄테러로 죽었다는 소식을 들었다. '아, 맞다. 이라크는 아직도 위험한 나라지.' 다시 되새기곤 한다.

이라크에서 내게 한국 음식을 너무나 감사하게 나누어주셨던 코이카의 조 사무장님은 항상 내 걱정을 해주셨다.

"이지영 씨는 국적은 한국이 아니지만 그래도 우리 동포인데…, 그렇게 맨날 혼자 택시 타고 다니면 걱정이……."

이라크 지역에서 한국 국민은 방탄차를 타야 하고, 혼자서 다닐 수 없다. 아무래도 안전에 문제가 있기 때문이다. 하지만 나는 하루에 600달러가 넘는 경호원도, 혹은 방탄차도 타고 다닐 만한 돈이 없기에 그냥 택시를 탄다.

쿠르드 지역 택시에는 미터기가 없다. 그래서 부르는 게 값이다. 초기에는 숙소에서 쇼핑센터까지 기사가 달라는 대로 10,000 디나르를 주었지만 이젠 아니다. 눈을 크게 뜨고 한국말로 "무슨 소리! 5천!" 하면서 손가락 다섯을 보이면 알겠다며 웃는다. 이렇게 쉬운 줄 알았으면 진즉에 깎을 것을…….

아르빌에서 차로 4시간 정도 가면 술래메니아라는 지역이 있다. 여기에서 '400병상 병원 프로젝트'가 진행되었다.

말로만 듣던 이라크…….

차마 부모님께는 이라크로 간다는 말씀을 못 드리고, 비행기인지 탱크인지 구분이 안 가는, 프로펠러가 달린 작은 비행기 비슷한 것을 타고 2시간 후에 난 이라크에 도착했다.

내가 굳이 한국에서의 첫 직장을 직원이 15명도 안 되는 중소기업에 들어갔던 이유는 오로지 이라크, 이 이유 하나였다. 이라크, 기름, 아직은 위험한, 나에게는 기회의 땅…….

도착한 곳은 아르빌공항.

정말 공항이라고 하기에는 너무 작은 곳이었다. 나름 비즈니스석을 타고 갔는데, 말이 비즈니스석이지 이코노미와 별 차이를 느끼지 못했다.

도착하여 밖에 나가니 바로 주차장. 둘러보니 보이는 사람은 오로지 같이 비행기를 타고 온 3명. 그나마 그들은 바로 데리러 온 사람들과 차를 타고 떠나고…, 나는 우선 마음을 가다듬고 주위에 전화를 찾았다.

'이 과장, 경호원 이 과장이라고 했었지….' 근데, 전화기가 안 보였다.

다시 공항으로 들어가 보이는 사람 아무나에게, "I need to use the phone. Where can I find a phone." 했더니, 이상한 눈으로 나를 쳐다보기만 하고, 뭐라고 하는데, 젠장, 아랍어라도 배워둘 걸 하는 후회가 막심했다.

설마 이라크 땅에서, 이라크 아르빌공항에서 국제 미아가 될까, 하는 걱정을 완전히 떨치지 못한 채 밖으로 나갔다.

그때 저 멀리에서 랜드로버Land Rover 지프 3대가 줄을 지어 내쪽으로 오고 있었다.

'중요한 사람이 왔나 보군.' 생각에 잠긴 내 앞으로 긴 총을 든 남자 7명이 다가왔다.

'이런, 내가 뭘 잘못했나? 이라크도 히잡을 써야 하나? 아까 영어로 했던 말이 혹 이들에게는 모욕처럼 들렸나? 이대로 이라크에서 나의 삶은 끝이 나는가? 엄마! 아부지! 현아!'

아르빌 전경.

수만 가지 생각이 머릿속을 스쳐가던 순간, "혹시 이 대리님이
십니까?"

아니, 이건 한국말? 정신을 차리고 보니 까만 양복에 시꺼먼
선글라스를 낀 남자가 나를 빤히 바라보고 있었다. 조금 전까
지만 해도 분명 동남아시아인으로 착각했을 뻔한, 입고 있는
양복만큼이나 살결이 까만 남자였다.

"아, 이 과장님이시군요. 안 그래도 기다리고 있었습니다."

최대한, 내 얼굴에 5초 전만 해도 분명히 보였을 만한 두려운
표정들은 싹 지우고, 너무나 태연하게 이리 말했던 나를, 그
당시 이 과장은 믿었을까?

차를 타고 4시간 정도 가니 술래메니아 시내라고 하는데, 이건 내가 어렸을 때 가보았던 전라도의 광양보다 못한 도시다.

"호텔에 방을 준비해 놓았습니다. 문앞에 24시간 경비를 세워둘 테니 걱정하지 마시구요."

이 말 중에 신경 쓰인 말은 24시간과 경비였다. 왜? Why? 어째서?

그리고 조금 후에 도착한 호텔은 아마 한국에서는 여관이라고 불러도 무난한 곳.

방문을 살펴보니 내가 발로 차도 부서질 것같이 허술하게 붙어 있는 문짝.

'이래서 24시간 경비가 필요한 거군…' 그다지 험하게 생기지 않은 경비를 세워두고 이 과장은 1시간 후에 데리러 오겠다는 말만 남기고 떠났다.

차고 있던 총이라도 하나 주고 가지. 한숨……

그래도 여자인지라 미팅 전에 씻어야겠다는 생각에 샤워를 하려고 물을 트니, 이건 물이 아니라 기름이다. 물 자체가 얼마나 미끄러운지 정말 긴 시간 동안 샤워를 했음에도 불구하고 전혀 개운하지 않았다.

당연히 내가 쓰던 샴푸나 비누는 찾을 수 없었고, 그나마 벌레가 없었던 것에 감사해야 했다.

술래매니아 전경.

Ismat Saddig(당시 두
바이 이라크 대사, 左)
와 Eamad Mazouri(당시
KRG Representative, 右).

이라크에 도착한 지 2시간 후에 나는 부총리와 미팅을 했다.
그 당시 부총리는 오마르 파타Omar Fattah, 나를 무척이나 예
뻐했던 분이다.
그런데 나는 당시 보안상 아무도 어디에 있는지 알려주지 않
는다는 이라크 크루드 자치정부 부총리를 어떻게 만나게 되었
을까?

이라크에 도착하기 몇 달 전, 나는 이라크 부총리의 딸이 호주
에서 유학 중이라는 정보를 입수하였다.
다음날 바로 호주 퍼스Perth로 날아가 정보를 전해준 사람을
만났다.
그리고 운 좋게 그날이 부총리의 손자 돌이라는 것을 알고 선
물까지 준비해서 바로 돌잔치로 향했다.
도착해서는 몇몇 이라크 사람들의 이름을 대며 축하 메시지를

전달했다. 그리고 부총리의 아들에게 말했다.

"당신의 어머니가 손주를 몹시 그리워한다고 하신다. 내가 곧 이라크를 방문할 예정이니 연락처를 알려주면 사진을 찍어 전달해 드리겠다."

그렇다. 난 이렇게 해서, 손주 사진을 보며 울면서 나에게 고맙다고 하는 부총리 부인에게서 남편의 소재지를 파악하였던 것이다.

비즈니스, 영업은 결국 마음이라고 나는 생각한다.

나는 어렸을 때 세상을 움직이는 것은 법이라고 생각했다. 그래서 법대를 가려고 공부를 했다.

대학에 가서 공부를 시작하고 나서는 생각이 바뀌었다. 세상을 움직이는 것은 언론, 이것이다. 그래서 커뮤니케이션, 심리, 사회학, 역사 등을 공부하였다.

대학을 졸업하고 나서는 세상을 움직이는 것은 돈이라고 생각했다.

하지만 시간이 지나고 나서 서서히 깨달았다. 세상을 움직이는 것은 다름 아닌 사람의 마음이라는 것을. 사람의 마음을 움직이면 법도, 미디어도, 돈도 따라 올 수밖에 없다는 것을. 그래서 나는 사람의 마음을 움직이는 공부를 하였다.

사람의 마음을 움직여야 한다. 영업을 하는 사람도, 나에게 필

위싱턴에서 만났던 팔라하 바키르Falah Bakir는 현재 이라크 쿠르드 자치정부(KRG)의 외교부 장관이다.

요한 정보를 주는 사람도 모두 마음을 지닌 인간이다. 난 그 점을 잊지 않았다.

지금도 내 생일은 잊어먹을지언정, 매년 이라크 인사들과 나에게 도움을 준 고마운 분들, 그리고 그 부인과 자식들의 생일은 잊지 않고 챙긴다.

그래서 내 달력은 언제나 다른 사람들의 생일로 가득 차 있다.

이렇게 부총리를 만나고 나서 얼마 후 나는 드디어 이라크 쿠르드 자치정부의 총리, Mr. Nichervan Barzani를 만나게 되었다. 그는 크루드족의 독립을 위해 사담 후세인Sadamn Hussein과 싸웠던 Massoud Barzani의 조카다.

나에게 멘토가 되어 주었
던 Mr. Steve Solarz. 당시
미국 하원의원.

크루드족에게 Barzani 가문은 중동의 로열패밀리 같은 존재이다.
총리를 만나기 전날, 같이 총리의 영빈관에서 머물던 미국의
Mr. Steve Solarz와 인연을 맺게 되었다.

어린 사람들은 잘 모르는, 나 역시도 아버지와 통화하기 전까
지는 누군지 몰랐던, 한국과의 인연이 깊은 미국 정치가이며,
아시아에서 상당한 영향력이 있는 분이었다.

나는 그에게 "성공은 무엇을 의미하는지?" 물어보았다.

그는 "성공은 나에게 내가 원하는 삶을 살게 해주었다."라고
답하였다.

다시 "어떻게 해야 성공할 수 있는가?"라는 질문에, 그는 이렇
게 대답했다.

"성공은 너 자신이 자신에게 최선을 다 했을 때 가능한 일이다."
그렇게 우리는 친구가 되었다.

KRG 총리 Mr. Nichervan Barzani.

다음날 총리를 방문하였다.

기다리는 방으로 들어선 사람은 내가 상상했던 것보다 훨씬 키가 크고, 목소리가 굵고, 영어를 무척이나 잘 하는 사람이었다. 유머 감각도 뛰어나 미팅 내내 날 웃게 만들었다.

"이라크까지 어떻게 오게 되었는가?"

라고 묻는 질문에 나는 대답했다. 케네디를 떠올리며……

"당신의 나라를 위해 내가 할 수 있는 일을 찾기 위해 왔습니다."

그는 크게 웃으며 얘기했다.

내가 조지 부시 대통령과 오랜 시간 같이 일을 한 여성, 라이스 국무장관 이후로 이라크를 방문한 첫 여성이며, 비즈니스 우먼으로서는 처음이라고 하였다. 다들 두려워하는 이라크에 직접 오다니 대단하다며 감동해마지 않았다.

"예전에 한국의 한 대기업이 이라크에 사업을 하겠다고 왔었다. 나와 미팅을 하기로 한 날, 이 지역에 위험 경고가 떴다.

그런 경고는 우리나라에 대해 조금이라도 사전에 파악을 했더라면 그다지 위험한 경고가 아니라는 것을 알았을 것이다. 하지만 그들은 그 경고 때문에 나와의 미팅을 취소했다. 당연히 그날 아무 일도 없었다. 난 그때 한국 기업인들은 다 겁쟁이라고 생각했다. 그러나 그대를 보니 그건 한국 남자들만의 얘기였구나! 앞으로 사업은 한국 여자와만 해야 하겠군." 하며 크게 웃었다.

나에게 성공이란 돈, 명예가 아니다.

나에게 성공이란 내 자신에게 부끄럽지 않을 만큼 최선을 다했을 때, 그때 성공했다고 말할 수 있는 것이다.

나에게 이라크는 여전히 기회의 땅이자, 나를 기다리는 친구들이 있는 땅이다. 앞으로 내가 가야 할 길을 열어준 고마운 곳이다.

이라크에서 가장 힘들었던 건 당연 먹는 것이었다. 처음 이라크에 온 사람들은 누구나 설사병으로 고생을 하는데, 나 역시 예외일 수 없었다. 덕분에 도착해서 거의 한 달을 오이와 수박으로 버텨야 했다.

양념 안 된 양고기와 토핑topping 없는 피자, 컵의 반 이상이 설탕인 홍차tea. 하루에도 7~8잔씩 마시는 홍차에 웬 설탕을 그리도 넣는지……

이라크에서 저녁식사에 초대 받는 것은 참으로 감사하지만 꽤나 힘든 일이다.

우선, 이들은 저녁식사를 한밤중에 먹는다. 9시쯤 도착해서 차를 마시고 담배를 피우면서 떠드는 것이 1시간에서 2시간. 그리고 음식은 뭐 그리 많이 준비하는지. 고기, 생선, 과일, 야채……

정말 큰 식탁이 쓰러지도록 음식을 많이 차린다. 한밤중에 기름진 음식을 꾸역꾸역 먹으려니 정말 고문이 따로 없다. 그리고 얼마나 친절(?)한지 끊임없이 음식을 권유한다. 이를 사양하는 것은 예의가 아니므로 목까지 차오르는 것을 참으며 먹어야 한다.

저녁식사가 끝나면 다시 모여 앉아 설탕이 반인 차를 마시며 뿌연 담배연기 속에 또 이야기를 나눈다.

이 모든 것이 끝나는 시간은 새벽……. 이런 힘든 저녁식사도 내 하루 일정의 일부일 뿐이다.

이후에는 정중하게 저녁 초대를 거절하는 법을 터득하게 되었지만, 난 그렇게 되기까지 화장실의 단골이 되어야만 했다.

"이 대리! 이 대리!"
자다가도 들리는 아, 망할 놈의 환청. 이러다 과장이 되면 얼마나 또 헤맬지……

처음에도 그랬어.

나는 직급 호칭에 익숙하지 않은 외국인이잖아. 이런 나에게 한
동안 "이 대리"라는 호칭은 들어도 바로 답할 수 없는, 한참이
지나서야 줄리아나Juliana만큼이나 귀에 익숙해진 호칭이었어.

정말 현장에서는 정신없이 불러대지. 내가 그리도 좋은지…….

현장의 모든 분들은 직급, 직업, 회사를 막론하고 모두 애들 같
아. 이건 그분들의 경험이나 경력에 대해 얘기하는 것은 아니야.
마음이 그렇다는 거지.

툭하면 삐지고, 잠 못 자면 짜증 부리고, 밥 제 시간에 안 주면
성질내는, 또 그러다가 필요한 것을 채워주면 금방이라도 방긋
웃어주는 그런 해맑은 애들 같아.

찌는 듯한 무더위 속에서 땀을 뻘뻘 흘리며 다니는 그들을 보면
서 난 정말 건설이라는 업종에 대해 다시 생각을 하게 됐어.

'뭐, 얼마나 다르겠어? 모든 일이 힘들지.' 하면서 쉽게 생각했던

나에게 현장은 정말 냉정한 세계를 보여주었지.

"미치겠네. 6시간 밖에는 근무가 안 된다니까!!! 여기 라마단 기간 동안 노동법에 의하면 무조건 6시간이야!!!"

"6시간만 일하면 우째 일을 다 끝내노? 니는 우리 회사 직원이가, 아니면 기본만 하는 딴 나라 global staff 직원이가? 무조건 시켜!"

그래, 난 한국 사람이 아니지. 그렇다고 해도 어떻게 남의 나라 노동법까지 무시해 가며 작업을 하냔 말야!

특히 라마단 기간 동안 무슬림 근로자labor들은 새벽 해 뜨기 전부터 해가 지기 전까지 물 한 모금, 음식 한 입, 먹지를 못한다. 이런 상황에 땡볕에서 10시간 일을 시키라니, 근로자들이 무슨 기계도 아니고. 이런 날씨에는 잘 먹고 잘 마시는 사람들마저도 픽픽 쓰러지는데.

"난 몰라요, 그러니까, 부장님이 10시간을 시키건 12시간을 시

아르빌 칸자드Khanzad 호텔에서.

키건 맘대로 해요!"

공사팀 방호균 부장님과 나는 이런 싸움을 수 없이 해. 우기는 데는 방 부장님 이길 사람이 없어. 우기기쟁이 방 부장님은 나의 우상이자 싸움 대상이야.

감사실에서 왔으니 성격도 꼼꼼하고, 생긴 것과는 달리 유머감각도 있어서 우리는 하루에도 몇 번씩 싸우다 웃곤 해.

라마단 기간마다 싸우는 일이야. 그렇다고 모르는 것은 아니야. 우리는 공정에 맞춰 공사를 끝내야 하는데, 여기 법에 따라 모든 휴일을 적용하며 일을 해서는 제때에 공기(工期)를 맞춘다는 것이 불가능이라는 거. 공기를 맞추지 못하면 하루에 까지는 돈이, 휴~

한국에서 몇 시간이면 끝날 일이 며칠씩 걸리고, 근로자들은 세월아 날 잡아 먹어라 하며 능청을 부릴 때마다 차라리 내가 삽을 잡고 작업을 하고 싶을 정도니까.

알지. 공정 회의 때마다 늦는 공기에 대해 받는 스트레스. 자재, 장비, 검사inspection가 필요할 때마다 얼마나 많은 시간과 요청 requisition sheet이 들어가야 하는지.

이런 걸 모르는 게 아냐. 하지만 법은 지키라고 있는 것이고, 아무리 한국에서 무시하고 진행할 수 있는 일들이라 여기서는 잘 이해가 되지 않겠지만, 잘못될 시에 어마어마한 벌금이나 공사 중단이라는 결정적인, 우리에게는 사형선고 같은 지시가 될 수 있다는 거.

결국에는 6시간 작업과 2시간의 초과수당overtime pay을 준다는 중간 타협을 하게 되었지만, 나와 방 부장님은 이 타협을 위해 소리를 지르고, 떼를 쓰고, 술을 마시며 풀고, 하는 긴 과정을 함께 견뎌야 했지.

앞으로 3년 동안 우린 얼마나 많은 싸움과 타협점을 견디고 찾아야 할까… 그 전에 지치면 안 되는데… 젠장, 난 벌써 지친 것 같아.

아랍에미리트, 특히 두바이는 관광이 주요 산업 중 하나이기에 중동이라고 해서 딱히 불편한 점은 없다. 술도 있고, 노래방도 있고, 한국 식당도 있고, 여자도 있다.

여기에서의 룰은 간단하다.

'다 해라. 하지만 우리가 보는 곳에서는 우리의 문화와 종교를 존중해 달라.'

아랍에미리트는 중동 국가들 중에 가장 일하기 편한 곳이다. 거의 모든 사람들이 영어를 하고, 이름 있는 명품이 넘쳐 나고, 한국 화장품도 있고, 내가 호주나 한국에서 했던 모든 것을 다 할 수 있는 곳이다.

하지만 그렇다고 해서 이들의 종교를 무시해서는 안 된다.

호텔이나 숙소 안에서는 술도 마실 수 있다. 하지만 술이 취한 상태로 거리를 다니거나 택시를 타서는 안 된다.

한 번은 내가 아는 분이 술을 마시고 택시를 탔는데, 택시 기사가 술 냄새를 맡고 바로 경찰서로 차를 몰고 가서 추방당한 일도 있었다.

누릴 건 누리되 지킬 건 지켜야 한다. 적어도 이 나라에 왔으면, 받아들일 수는 없다 하더라도 그들의 사고방식과 종교, 문화를 존중해줘야 한다.

하지만 이런 나에게도 힘든 시기가 있으니…… 그것은 라마단…….

The first international partner of KRG

I am pleased that the relationship between the Republic of Korea and Kurdistan Region has grown considerably in the past few years. We have worked together to forge a long-term partnership that could benefit the interests of both sides.

I visited Korea in 2004 accompanying the KRG Prime Minister Nechirvan Barzani, who is known as the founder of Korea-Kurdistan ties. The resilience, dedication, and determination of the people of Korea in building their nation have always been a source of inspiration for our nation.

In parallel to government-to-government ties, we are doing our best to promote people-to-people ties through cultural, educational, and commercial exchanges. We will continue our efforts to build bridges between the two nations in order to further broaden and consolidate our bilateral cooperation.

The Republic of Korea successfully managed to transform from a recipient country to a significant donor. We, in the Kurdistan Region, admire the remarkable achievements of the people and the government of Korea and wish to learn from their successful experience.

I wish the people and the government of Korea continued success.

I had the pleasure of meeting Juliana during the time where the Kurdistan Regional Government (KRG) was starting to reach out to the international community. During my meeting with her, we discussed the vision of the KRG for the future of Kurdistan Region as well as the role that Kurdistan Region can play in the regional prosperity and stability. Juliana was among the very first international partners who visited our Region during the most difficult times.

As a woman I could not believe her courage, as at the time, it would have been almost impossible for anyone to even imagine visiting a region that was still very much dangerous, unstable and unknown to the international world.

I commend her for her hard work and dedication and appreciate her efforts in communicating the message of the Kurdistan Region to the outside word through her work.

- Falah Bakir(KRG, Foreign Affairs Minister)

저는 지난 몇 년 간 대한민국과 쿠르드 사이의 관계가 상당히 진척된 것에 대해 기쁜 마음입니다. 우리는 그동안 양 국가의 이익을 위한 장기적인 동반자 관계를 구축하기 위해 노력해 왔습니다.

저는 2004년 KRG 총리이자 한국-쿠르드 관계의 창시자인, 네치르반 바르자니를 동행하여 한국을 방문하였습니다. 한국이라는 국가를 건설하는 데 보여준 한국인들의 끈기와 헌신, 그리고 의지는 우리에게 항상 영감의 원천이 되어 왔습니다.

두 나라의 정부 대 정부 간의 관계를 중요시 하는 것과 동시에 우리는 교육, 문화, 상업적 교류를 통해 사람 대 사람 간의 관계를 촉진시키기 위해 최선을 다 하고 있습니다. 우리는 앞으로도 양국 간 협력을 다지기 위해 계속 노력할 것입니다.

대한민국은 경제적 원조를 받던 나라에서 이제는 다른 나라를

돕는 나라로 성공적으로 성장하였습니다. 우리 쿠루드에서는 이러한 한국 국민과 정부의 성과를 존경하며, 한국의 성공적인 경험으로부터 많은 가르침을 배우길 바랍니다.

대한민국 국민과 정부의 계속되는 성공 신화를 기원합니다.

저와 줄리아나(저자의 영어 이름)는 쿠르디스탄 지방정부(KRG)가 국제 사회에 존재감을 알리기 시작할 때 처음 만나 인연을 맺었습니다. 그녀와 만나는 동안 우리는 쿠르디스탄 지역의 미래를 위한 KRG의 비전을 논의했을 뿐만 아니라, 지역의 번영과 안정을 위해 KRG가 할 수 있는 역할에 대해서도 논의하곤 했습니다. 줄리아나는 가장 힘들 때 우리 지역을 방문한 최초의 국제적인 파트너였습니다.

여성으로써, 그녀의 용기를 믿을 수가 없었습니다. 당시 우리 쿠르디스탄 지역은 국제적으로 여전히 매우 위험하고 불안정하며, 잘 알려지지 않은 미지의 지역이었기에 누군가의 방문은 상상도 할 수 없었습니다.

그녀의 근면과 헌신을 응원하며, 그녀의 작품을 통해 쿠르드 지역에 대한 메시지를 국제적으로 알리게 되어 감사를 표하는 바입니다.

- 팔라하 바키르(쿠르드 자치정부 외교부 장관)

현지 노동자와의 약속

내가 두바이 지사장으로 있을 때 가장 힘들었던 것 중의 한 가지는 노동자들이 나를 바라보는 눈빛이었다.

그 당시만 하더라도 두바이는 건설 붐이 한참이었고, 거리는 작업복을 입은 노동자들로 가득할 정도였다.

길가에 앉아 일명 '걸레빵'을 뜯으며 물 하나로 버티는 노동자들의 모습은, 내가 전에 보지 못했던 모습들이었다.

파키스탄, 인도, 방글라데시 등등에서 수천 수만 명의 노동자들이 두바이에 들어왔는데, 공항 바닥에 누워서 자는 모습들이 두바이 공항의 일부처럼 느껴질 정도로 많은 인력들이 두바이 공항을 지나쳐갔다.

이들이 현장 노동일을 하면서 받는 임금은 한 시간에 7달러. 이 중에 4달러는 인력업체가 떼어가고 이들 손에 쥐어지는 것은 고작 3달러. 평균 노동시간 하루 10시간.

내가 비싼 정장을 입고, 포르쉐 벤을 타고, 선글라스를 벗으며 공항에서 이들을 만나 이라크로 보내기 위해 얼굴을 마주하는 시간은 고작 몇 분. 도망간 인력은 없는지, 내가 신청한 숫자만큼 공항으로 왔는지, 비행기가 몇 시에 인력을 태우고 출발했는지, 확인하는 게 내 일이다.

더럽고, 여기저기 때가 묻고, 찢어진 가방을 마치 돈 가방인 양 가슴에 품고 서 있는 이들의 눈 속에는 두려움이 가득했다. 보통 월급의 3배라는 조건에, 그들은 하루에도 몇 십 명씩 죽어나가는 이라크에서 그들의 자유를 저당잡힌다.

그들을 저 조그만 비행기에 태우기 전, 난 항상 그들 앞에서 이렇게 얘기를 한다.

"너희들이 지금 가는 그곳은 안전한 곳이다. 월급도 많고, 안전도 보장되며, 숙소, 음식 또한 제공된다. 너희들은 대한민국 코리아 기업에 취직해 이라크 사람들에게 새로운 희망과 용기가 가득한 도시를 만들어 주기 위하여 떠난다. 당신들이야말로 이라크인들에게 영웅이다. 걱정 마라. 나도 그곳에 가보았고, 또 다시 너희들을 만나러 갈 것이다. 여자도 가는 그런 곳이 위험하겠는가?"

이렇게 그들을 안심시킨다. 그리고 난 한 번도 이 약속을 어긴 적이 없다. 난 항상 이들 뒤를 따라 이들을 다시 만나러 이라크로 가곤 했다.

"봐라, 내가 왔지 않느냐."라고 환하게 웃으며.

하늘에서 본 이라크.

눈이 너무 부신다. 눈을 뜰 수도 없을 정도로 강렬한 태양 아래
서 난 지금 뭘 하고 있는가!……
선글라스를 3번째 잃어버렸다. 젠장.

D-Day 851일. D-Day 850일.
매일 접속하는 회사 메인 화면에는 우리의 준공일인 D-Day가
매일 뜨지.
국방부 시계는 거꾸로 걸어놔도 돌아간다는데, 이놈의 현장은
어째 이리 시간이 안 가노. 3년이 넘는 기간 동안 내 몸에 쌓이
는 먼지와 모래가 얼마나 많을까?
나는 사표를 아예 컴퓨터 바탕 화면에 깔아놓고 매일 고심해. 부
장님들은 이 지겨운 생활을 몇 십 년씩 어찌 했나……

하루에 내가 웃을 일은 방 부장님과 떠들며 장난칠 때와 아침마다 박진국 차장님과 방수업체 직원인 후세인Hussein이 싸우는 얘기를 듣는 일 정도……

후세인은 하루에도 열두 번씩은 죽지. "You no finish, Allah will kill you!(니가 일을 끝내지 않으면, 알라가 너를 죽일 거야!)" 이러한 협박에도 이제는 웃고 마는 후세인. 하루 종일 후세인은 도망 다니고, 우리 직원들은 찾아다니고.

"Why you no do? You say you do and you no do. Where are you? Today no finish, tomorrow I close the door! You come here now!(왜 시킨 일을 끝내지 않았어? 한다고 하면서 왜 안 해? 오늘 일 못 끝내면 내일 너희 회사 직원들을 현장에서 출입금지시키겠어! 빨리 와!)"

이 밖에 박 차장님의 콩글리시 현장 어록은 많아.

"Today, water give. Site, water give."(현장에 모래와 먼지가 날리니 물을 뿌려라.)

"You no good. Tomorrow no finish work, I sign up your company no good."(너 왜 일 안 해? 내일까지 일 못 끝내면 니네 회사 엉망이라고 내가 광고하고 다닐 거야.)

"How can? How can?"(언제까지, 어떻게 일 끝낼 거야?)

한번은 후세인이 도망다니는 걸 겨우 잡아 사무실로 데리고 앉아 조용히 설명을 하시더라고.

"You no developed people."(넌 원시인이야, 임마.)"

그리고는 가서 피자를 사오라고 하자 후세인이 돈을 달라고 하니, 박 차장님, "에잇, 더러워서 안 먹어, 임마, your pizza dirty!" 라고 하시는데, 이 말 뜻을 후세인은 알아들었는지, "No eat!" 하더니 나가더군. 절대 말이 안 되는 말로 둘이 소통이 가능한 것을 보면 분명 노가다가 아닌 내가 모르는 것이 있어.

가끔 이들이 박 차장님의 말을 헷갈려 할 때가 있지.

"You do now 임마. If you no finish now 임마, tomorrow problem, 이씨!"

Do와 now, finish는 이해를 했는데, 간혹 들어가는 "임마"라는 단어에 이들은 아주 잠시 헷갈려 방황을 하곤 해.

그나마 한국인들과 일을 해본 이들은 "임마, 이씨, 이 자식, 빨리 빨리"(뭐 사실 이보다 심한 말도 맨날 하지만) 정도는 이해를 하지.

모르는 이들마저도 소리치며 눈을 크게 뜨면 '아, 뭔가를 빨리 해야 하는구나' 또는 '내가 뭘 잘못했구나' 정도는 알아.

현장에서는 무조건 목소리 하나는 커야 해.

어제는 공사팀의 저녁식사가 늦었어. 식당에 가니 이미 밥은 다 치워졌고……

박 차장님 하시는 말씀; "Late people, no people?(늦게 오는 놈은 사람도 아니냐?)"

내가 이해하지 못하는 이런 영어가 현장에서는 원어민native인

박진국 차장님과 현장에서.

내 영어보다 잘 이해되는 것은 이들 역시 내가 굴리는 발음에 익숙하지 않아서야.

내가 아무리 유창한 영어로 떠들어 봤자, 이들은 눈만 껌벅이며, "얘가 대체 뭐라고 씨불이는 거야?"라는 눈빛으로 날 보곤 하지.

그래서 나 역시 긴 문장보다는 "you go, come, work, bring me" 라는 짧은 단어만으로 이들하고 소통을 하지.

이러다 몇 년이 지나 내가 호주로 돌아갔을 때 아무도 내 영어를 알아듣지 못하면 어떡하지?

사막에 핀 꽃

"에어컨 좀 쐬고 가면 안 될까요?"

'까만 천사가 있구나.' 그 아이(?)를 본 나의 첫 인상은 그랬다. 지옥 같은 이곳에 천사가 있구나.

먼지바람이 무척이나 부는 날이었다.

내가 현장에 도착한 지 일주일, 현장에는 모래와 컨테이너 하나만이 달랑 있던 그때, 발령 받은 것을 무척이나 후회하고 있던 날들이었다. 하늘, 해, 모래 그리고 나.

맨날 북적이던 컨테이너에는 웬일인지 그날 부장님들과 과장님들이 함께 미팅에 참석하게 되어 혼자 남았던 날이었다.

유심히 보지 않으면 동남아 인력으로도 착각할 수 있을 만큼이나 까만 아이였다.

회색 바지에 하얀 셔츠의 팔을 올리고, 땀으로 샤워를 하는 듯 쏟으며, 내 앞으로 와서 앉았다.

"그러세요." 대답을 하고 나는 아무것도 보이지 않는 컴퓨터 스크린을 뚫어져라 쳐다보고 있었다. 뭐라 특별히 할 말도 없고……

"혹시 설계팀에서 나오셨어요?" 찬물을 두 컵이나 마신 아이는 그때서야 숨을 가다듬고 나에게 물었다.

'웬 설계……'

"아니, 도면을 들고 다니시길래……" 하며 웃는 그 아이의 이가 까만 얼굴에 비해 어찌나 하얗던지……

몇 번 현장을 뛰어다니던, 나 외에, 아저씨가 아닌 다른 이를 보았던 기억이 났다.

너무나 열심히 현장을 뛰어다니는 아이를 보며 난 무슨 생각을 했더라? 기억이 나지 않았다.

"아니요. 저는 공사팀인데요." 현장에서 필요 없을 거라 생각해서 가지고 오지 않았던 화장품이 그리운 순간이었다. 바지는 또 어떻고…… 너무 큰 안전화와 먼지에 엉망인 내 모습이 그 아이에게 어떻게 보일지 걱정도 됐다. 혹시나 몹시 불량한 상태의 내 얼굴이 컴퓨터 스크린에 가려질까싶어 그 뒤로 얼굴을 숨겼다.

"근데 누구세요?" 눈을 마주치지 않은 채 머리를 숙이고 물어봤다. 정말 궁금했다. 도련님처럼 곱상하게 생긴 이 아이가 이런 먼지투성이 현장에 왜 있는 건지.

"헤헤, 설명하긴 좀 긴데, 여기 조적 공사 담당이에요."

'아, 조적. 벽돌… 조적… 아직 앳된 티를 다 벗지 못한 애가

공사 담당이라니……'

마치 내 생각을 읽은 듯, 까만 천사가 말을 한다.

"좀 복잡해요. 소장이 도망가서 얼떨결에 제가 맡아 하고 있어요."

'그렇구나…' 또 무슨 말이든 해야겠는데, 내가 아는 게 있어야 뭘 물어보기라도 하지. 멀뚱멀뚱 쳐다보고 있기가 좀 어색해 다시 컴퓨터를 바라봤다. 까만 스크린을 마치 아주 중요한 문서라도 보고 있는 듯……

"죄송해요. 바쁘실 텐데, 제가 괜히 귀찮게 해드리고 있네요."

'이런… 전혀. 절대 귀찮지 않아. 이런 지옥에서 천사의 얼굴을 보았으니, 그보다 더 중요한 것이 뭐가 있겠니.'

"아니에요. 밖이 많이 더운데 편히 쉬다 가세요." 그래, 오래오래 쉬다 가렴.

"헤헤, 저는 이 현장에 어린 사람은 저밖에 없는 줄 알았는데, 너무 반가워서요."

'흠~ 어린 사람… 내 나이 30대 중반이니 어리다 하기에는 다소 좀 무리가 있지만, 그렇게 생각해 준다면야, 나야 고맙지……'

내가 빤히 쳐다본다면 그 아이도 내가 보일까 싶어서, 힐끗힐끗 훔쳐본 그 아이는 웃을 때 눈 끝에 주름이 잡히는, 쌍꺼풀이 없는 눈과 오뚝한 코, 그리고 점 하나 없는 고운 피부를 가

하늘에서 본 알림Al Reem 현장.

진 아이였다. 키는 아마 175, 178 정도? 몸매도 착실하고, 목소리는 너무 낮지도 높지도 않고, 가지런한 치아에 웃는 모습이 정말 이쁜, 그런 아이였다. 그리고 웃을 때마다 보이는 오른쪽 빰의 보조개…….

"술 좋아하시면 언제 맥주 좀 사다드릴게요. 제가 라이센스 없이도 술 살 수 있는 곳을 알거든요."

그렇다. 중동에서는 라이센스가 없으면 아무나 술을 구입할 수 없다.

하지만 우리가 누구더냐. 자랑스러운 대한민국의 노가다가 아니더냐. 그 엄하다는 사우디에서도 술을 제조해서 마시는 노.가.다.

"그래요? 안 그래도 라이센스가 없어서 술 사기가 좀 힘들었는데, 언제 알려 주세요."

잘생긴 젊은 청년 앞에서 입에 침도 안 바르고 술술 나오는 이 거짓말들. 어쩌랴… 내 심장이 내 양심을 팔아먹은 것을……

그 후로 하루가 다 가고 현장 오르막에서 하루의 끝을 즐기며 지는 노을을 바라보는 내 옆에 그 아이가 함께 앉아 이런저런 이야기를 나누면서 우리는 그나마 그 지옥 같은 하루를 함께 날려 보내곤 했다.

사실 시간이 흐른 후에도 고백은 안 했지만, 난 퇴근 시간이 되어 가면 마치 퇴근 전에 현장을 한 번 둘러 봐야 하는 것이 내 일인 것처럼 일부러 밖에 나와 그 아이가 내 곁에 와서 얘기를 해 주길 기다리곤 했었다.

그때마다 "이 대리! 저녁 먹으러 가자!" 하며 부르던 부장님들이 얼마나 원망스럽던지……

그리고 얼마 후, 너무나 기다리던 목요일 저녁. '내일이면 쉬는구나……' 아랍에미리트UAE의 정식 휴일은 금요일, 토요일, 이렇게 이틀이지만, 현장은 당연히 이틀을 쉬지 못한다.

'내일은 또 어떤 드라마를 때리나……' 하며 열심히 고민 중인 나에게 그 아이가 곁으로 왔다.

"내일 휴일인데 뭐하세요? 혹시 안 바쁘시면 오늘 저녁에 저랑, 같이 일하는 앤디Andy랑 맥주 한잔 하실래요? 생각 있으시면 전화주세요."

'오, 주여! 저에게 처음으로 주말을 사람답게 보낼 수 있는 기회를 주시다니, 감사합니다!'

"좋지요~!" 이 대리, 반응이 빨라도 너무 빠르다. 아휴! 누가 노처녀 아니랄까봐. 창피해서 ㅉㅉ.

우선 집에 가서 몸에 쌓인 먼지를 씻고, 단장하고……, 시간 계산을 해보니 대충 8시가 넘을 것 같았다.

"전화드릴게요."라는 말을 남기고 초강력 스피드로 차에 몸을 실었다.

현장에서 숙소까지는 차로 40분 정도. 저녁도 먹지 않고 난방으로 뛰어 들어가 급히 샤워를 하고, 한 달 만에 처음으로 머리를 내려 손질을 하고, 그나마 버리기 아까워 가져온 화장을 했다. 그리고 혹시라도 몇 시간 전에 했을 약속을 잊을까봐 전화를 했다.

"저 이 대리인데요, 지금 가도 늦지 않지요?" 하니 반대쪽에서 예상하지 못했던 반응이다.

"아, 이 대리님…… 저기, 앤디가 못 온다는데, 괜찮으시겠어요?"

하늘이 날 버리지 않는구나.

"괜찮아요. 어차피 맥주 한잔 하고 들어올 텐데요, 뭐. 어디로 가면 되죠?"

"두바이요. 제가 이미 두바이에 도착해 있어서 아부다비로 모시러 가면 너무 늦을 것 같은데, 여기로 오실 수 있으세요?"

'인마! 난 지금 시(?)아버지들만 31명이 있는 숙소를 벗어나, 노가다가 아닌 보통 시민과 대화라도 나눌 수 있다면 지옥이라도 가겠다.'

"그럼요. 지금 출발하면 1시간 반 정도 후에 도착할 거예요. 두바이 어디로 가면 돼요?"

우리는 Kempinski 호텔 앞에서 만나기로 했고, 나는 급히 택시를 잡았다.

아부다비에서 두바이까지 택시비는 대략 AED 200. 한국 돈으로 7만 원 정도다. 좀 비싸긴 하지만 난 그 저녁, 택시비가 10만 원이 넘더라도 흔쾌히 택시를 탔을 것이다.

31명의 시(?)아버지들과 현장 생활이 나를 폐인으로 만들고 있었기 때문이다.

Kempinski 호텔 앞에 도착해서 전화를 하니 거의 다 왔다고 한다. 나는 새삼스레 느껴지는 긴장을 풀며 나를 데리러 오는 그 아이를 기다렸다. 얼마만인가, 이런 설레임!

오랜 시간을 싱글로 지내온 나에게 이 순간은 마치 다시 학생 시절로 돌아가 좋아하는 남자를 멀리서 바라보며 혼자 끙끙 앓던 그때의 설레임과 비슷했다.

'나이 34살에 설레임이라니… 참 주책이다…'라고 생각을 하면서도 난 입술로 새나오는 미소를 참을 수가 없었다.

'바보야, 그냥 심심하니까 맥주 한잔 하자는 거야. 너 같은 아줌마랑 무슨 볼일이 있겠다고… 건설 현장에서 얼마나 여자를 보기 힘들었으면 너라도 붙잡고 맥주를 마시려 하겠니?'라는 현실의 목소리가 내 안에서 경고음을 울리고 있었다.

"오래 기다리셨어요?" 하며 걸어오는 그 아이……

줄무늬 남방셔츠에 청바지. 현장에서 보던 모습보다 더 단정한 모습이었다. '제발 그만 좀 웃어라. 내 심장이 원래 이리 빨리 뛰었나?'

"아니에요, 지금 막 도착했어요."라고 대답하고 그와 발걸음을 같이 했다.

"제가 아는 곳이 있는데 영국식 펍pub 같아요. 맥주도 싸고 분위기도 괜찮아요."

난 그 아이를 따라 그 아이의 차를 타고 그 아이와 함께, 최소한 오늘 하루만이라도 현장을 잊기 위해 그 펍으로 향했다.

도착한 술집은 그 아이가 말한 대로 영국식 펍이었다. 얼마만에 만나는 펍이던가. 호주에서 자주 다니던 펍을 보니 집 생각이 간절했다.

"맥주 뭐 드실래요?"라며 그 아이가 지갑을 열었다.

"아무리 그래도 애한테 얻어먹을 수는 없지요." 웃으며 맥주 2잔을 시키고 돈을 지불했다.

사실 난 그 아이가 몇 살인지 정확히 알지 못했다. 물어보지 않았으니까. 대충 외모로 느낀 건 20대 초반. 아마 24에서 26살 사이? 아무리 많이 먹은들 어쨌거나 나보다 많지는 않을 테니……

맥주 2잔을 들고 우리는 야외로 나갔다. 바람도 선선하고, 사람도 별로 없는 조용한 분위기에서 우리는 그동안 궁금했던 질문과 대답을 오가며 묻고, 답했다.

9시에 만나 12시가 넘도록 대화를 통해 내가 알아낸 것은, 그 아이는 83년 생, 그러니까 나보다 7살이나 어린 아이고, 아직 대학 졸업 예정자, 아버지가 두바이에서 사업을 하셔서 방학 동안 조금이나마 해외 경력 스펙을 쌓으려고 아부다비로 왔고, 3년 동안 여자 친구는 없으며, 경영학 전공에 싱글……

솔직히, 많은 대화 중에 기억에 굳이 남았던 것은 그 아이가 싱글이라는 점이었다.

'아니 왜? 너같이 이쁜 아이가 왜 혼자야?'

소개팅도 해봤지만 요즘 여자들은 별로라고 하였다. '요즘 여자들?' 이는 나와의 나이 차이를 분명히 느끼게 해준 대사였다. '그럼 난 옛날 여자? 그렇지, 분명 우린 세대가 다르니까. 난 70년대, 넌 80년대.'

사람이 그리웠던 만큼 우린 맥주 2잔을 다 마실 때까지 정말 많은 이야기를 했고, 들었고, 그 사이에 말도 놓았고, 많은 것을 서로 알게 되었다.

그리고 한 가지 더, 난 이미 그 아이가 좋아지고 있었다는 것……

"우리 한번 사귀어 볼래요?"라는 유치한 말 한마디로 까만 천사와 까만 악마는 다른 직원들의 눈을 피해 점심을 같이 먹고,

차에서 데이트를 하고, 목요일 저녁에 숙소 탈출을 시도해서라도 항상 같이 있고 싶은 커플이 되었다.

34살, 결혼이라는 것을 거부했던 노처녀에게 첫사랑 이후로 처음 다가온 사랑이었다. 그것도 7살이나 어린 아이를 상대로……

우리의 데이트란 점심시간에 몰Mall 주차장에 가서 차 세워놓고 낮잠 자기(중동에서는 여름 한나절에는 너무 더워서 작업이 불가능하므로 점심시간이 기본 3시간이다.), 금요일에 몰에 가서 영화 보고 밥 먹기, 몰에서 윈도우 쇼핑window shopping 하기. 몰이 우리에겐 유일한 데이트 장소이자 놀이터였다.

지금은 눈을 감고도 마리나 몰Marina Mall, 알 와다 몰Al Wada Mall, 아부다비 몰Abu Dhabi Mall 안을 찾아다닐 수 있을 것 같다. 이 나라에 몰이 없었다면 우리는 아마 연애 기간 내내 차 안에서 보냈을 것이다.

결혼을 하겠다고 과장님과 부장님들에게 말씀을 드리고 소개를 시켰더니 당장 그 아이를 잡고 물어보셨단다.

"혹시 이 대리가 통장 보여주디? 혹 협박을 하진 않았고……"
내 통장 잔고는 항시 비어 있건만……

사막의 기적을 만드는 사람들

내 첫 현장의 공사 부장님은 H건설에서부터 해외 생활을 오래 한 분이었다. 물론 대부분의 부장님들이 적게는 10년에서 길게는 20년을 해외 현장에서 근무해오고 있다.

휴가 때 들어가서 애 하나 만들고, 다음 휴가 때 가면 애가 커 있고, 그래서 하나 또 만들고…… 그렇게 시간이 지나다 보니 이제는 마누라 옆에서 자는 게 불편하다고 하는 분들이다.

특히 우리 공사/공무팀 김형호 부장님은 해외 생활을 20년 가까이 한 분인데, 가끔 보면 노가다 부처님 같을 때가 있다. 나에게는 감당 안 되는 일들을, "이 대리, 뭐 그런 것 같고 그래." 라며, 마치 내가 열 받는 것이 재미있다는 표정을 짓곤 한다.

아주 자주, 그러니까 내가 뭔가에 열을 받아 부장님의 위로가 필요할 때가 있다.

"부장님, 그건 정말 아니지 않나요? 그러면 안 되는 거잖아요? 어떻게 생각하세요? 맞죠? 제 말이?"

그러면 아주 심각한 표정으로 날 보며 얘기하신다.

"이 대리, 너 아프리카에 에이즈 환자가 몇 명이나 되는 줄 아냐?"

한 번은 너무 화가 나서, 내 컴퓨터 바탕에 깔려 있는 사표를 작성하여 드렸다.

심각하게 보시길래, 그 사이 내 머릿속에는 둘 중 하나의 반응일 거라는 생각이 스치고 있었다. '이 대리, 잘 생각했어. 내가 생각해도 넌 현장에 어울리지 않아.'라든가, 아니면, '이 대리, 대체 이게 무슨 행동이야? 한번 현장 발령을 받았으면 그래도 버텨야지!' 하고 꾸짖던가.

하지만 김 부장님의 대답은 간단했다.

"이 대리, 사표는 본사에 제출해야 하는데……"

주말에 가끔 마주치는 날이 있는데, 항상 바지 한 쪽만 걷어 올리고 물통을 들고 다니는 모습을 보고 있노라면 막걸리 얻으러 다니는 시골 아저씨 같다는 생각이 들곤 한다.

담배를 끊고 껌에 중독되어 요즘은 하루에 껌 한 통씩을 씹고 다닌다. 거기다 술까지 끊으면 어떻게 될지 몰라 감히 술 끊으시라는 말은 못 꺼내고 있다.

하지만 이런 부장님도 화를 낼 때가 있는데, 간혹 설계팀에 가서 한바탕 한다고 한다.

"난 안해. 이런 식으로 공사를 어떻게 해. 못해!"라고 한바탕 하고 나가면서도 테이블에 사탕이 보이면 "그런데 나 이 사탕

먹어도 되냐?" 하고 뒤돌아 물어 본다고 한다. 이렇게 한 번씩 생각지도 못한 행동을 하면 우리는 웃어야 할지 울어야 할지 정말 모르는 순간이다.

공무/공사 조남열 부장님.

처음에는 조 부장님이 공무부장, 김 부장님이 공사부장이셨는데, 중간에 두 분의 직책이 바뀌며 조금 혼란스럽기도 했다. 그래도 1년 반 넘게 본사에서 함께 지낸 조 부장님이기에 적응하는 데는 그다지 오래 걸리지 않았다.

조 부장님이 H건설 대리 시절, 지금 이 현장의 소장님과 함께 일했다고 한다. 그래서 그런지 매일 불러 야단(?)치면서도 현장에서 소장님이 가장 믿는 사람은 조 부장님이다.

대리 시절에 뭔가 일을 시키면 될 때까지 하던 녀석이었다고, '독한 놈'이라고까지 말씀하신다.(내 개인적 경험으로 H건설 출신들은 다 '독한' 것 같다.)

크게 흥분하는 일도, 크게 뭐라 하는 분도 아니다. 지금까지 1년이 넘도록 욕하는 걸 한 번밖에 본 적이 없다. 현장에서 이정도면 거의 부처라고 얘기할 수 있다.

꼼꼼한 성격에, 뭐든 본인이 해야 맘이 놓이는지 아랫사람을 시키기보다는 직접 챙겨 하는 경우가 더 많다.

"김 과장, 너 내일까지 꼭 주간회의 때 발표할 공정표 만들어라." 하시고는 이래저래 바쁘게 뛰어다니다 누군가 잊었다 싶으면 손수 하고 나서는, "야, 다음에는 니가 좀 해라."라고 '애원'을 한다.

본인에게는 그렇게도 엄한 분이 왜 직원들에게는 그리 너그러운지……

조 부장님이 공사부장의 직책으로 맞지 않는 한 가지 단점. 바로 술을 못 마신다는 것. 소주 한두 잔만 마시면 얼굴 전체가 빨갛게 달아오르며 슬슬 하품을 한다.

공사부장은 일의 성격상 아무래도 술자리가 많을 수밖에 없는데, 술을 못하는 조 부장님으로선 보통 고달픈 일이 아닐 것이다. 가끔 '필feel'을 받아서 주량보다 더 마신 다음날에는 몹시 괴로워하며 다시는 안 마신다고 다짐하곤 한다.

그러면서 왜 맨날 나랑 맥주 한잔 해야 한다고 하는지…, 정말 딱 한 잔을 말하는 것일지도 모른다. 조 부장님이라면……

"야, 이 대리. 넌 분명 다른 세계에서 온 게 맞는 것 같아. 4차원도 맞고, 6차원도 맞아. 넌 보통 사람들과는 생각이 달라."라고 하면서 맨날 "술 한잔 하면서 얘기 좀 해야 하는데……" 하였지만 결국 아직까지 이루어지지 않고 있다.

처음 발령 받아 와서 얼마 지나지 않아 전체 직원이 야외 활동을 갔다.

일명 '사막 사파리.'

두바이 지사장으로 있을 때 손님이 올 때마다 갔었던 사막 사파리였기에 그다지 기대는 하지 않았다.

4륜구동 지프를 타고 사막 언덕을, 마치 롤러코스터를 타는 것처럼 아슬아슬하게 내려오면 처음에는 스릴도 있고 재미있다. 그 이후에는 낙타를 타고 좀 돌다가, 아랍 식으로 차려 놓은 저녁 뷔페를 먹으면서 여자 벨리belly 댄스 구경을 한다. 며칠 지나면 지워지는 헤나Henna도 하고, 시샤도 피운다.

그 다음 현지인의 옷을 입고 사진을 찍는데, 나 역시 이날 사진을 찍기 위해 옷을 갈아입었다.

"이 대리, 다 숨기니 너 정말 예쁘다." 하더니, 한 명밖에 없는 '현지(?) 여성'과의 사진을 찍기 위해 하나둘 내 옆에서 포즈를 취했다.

물론 그중에는 조 부장님도 포함되었는데, 본의 아니게 낙타 옆에서 찍은 사진도 조부장님 옆이었다. 이 사진들을 다 부장님 싸이에 올렸다가, 옆에서 자꾸 같이 사진 찍은 여자가 누구냐고 한동안 사모님의 질투 어린 투정으로 좀 고생하셨다고……

"야, 넌 왜 사진 찍을 때마다 내 옆에 있어서 혼나게 하냐?"

"부장님, 제가 옆으로 갔던 게 아니고, 부장님께서 제 옆에 계셨던 거거든요."

지금도 그때 사모님에게 '혼났던' 얘기를 하며 단체 사진을 찍을 때마다 내 옆을 피한다.

중동은 덥기 때문에 사막 사파리는 오후 늦게 시작된다. 저녁을 다 먹고 나면 하늘의 별을 바라보며 '시샤Shisha', 일명 '물담배'를 뻐끔뻐끔 피운다. 물담배는 중동의 어린 아이들도 피울 만큼 중동 현지인들에게 없어서는 안 되는 필수품이다.
처음에 한국 사람들이 와서 이를 대마초인 줄 착각했다고 한다. 물담배를 피우는 기구도 면세점에 가면 사이즈대로 파니, 가끔 중동에 나왔다 이를 '끊지' 못하고 사가는 사람들도 있다.
담배와는 조금 다른데, 맛과 향이 여러 가지다. 커피, 딸기, 포도, 사과 등등. 일반 담배를 피우는 식으로 피웠다간 처음에 켁켁 대며 얼마 동안 기침을 할 수도 있다.
깊게 들여마시지만, 숨을 멈추고 다시 내뱉어야 하는, 조금 시간이 걸리는, 하지만 한 번쯤은 권유해보고 싶은 중동의 경험이다.
시샤는 담뱃잎을 숯으로 데워 물에 통과시킨 뒤 연기를 빨아들이는 방식으로 피우는데, 일반 담배보다 유해연기가 최고 200배라고 한다. 물담배가 니코틴이 없어 해롭지 않다는 말은 사실이 아니다. 물담배 역시 니코틴이 포함되어 있고, 필터가 없기 때문에 연기가 바로 몸속으로 들어가게 된다. 그러니 너무 자주는 하지 말라고 당부하고 싶다.

소장님의 특이한 성격을 다 받아 내는 부장님께서는 정말 내가 봐도 힘들어 보인다. 면전에 대고 싫은 소리 한 번 못하는 성격이라 혼자 화를 삼키다가 남아 있는 머리카락까지 다 빠질까봐 난 항상 걱정이다.

부장님, 준공 전까지는 술 약속 지키실 거지요? 저 그동안 쌓아온 할 말이 정말 많은데……

1공구 방호균 부장님.

머리숱이 별로 남지 않아, 임직원 정보 사진을 보면 누군지 구분이 가지 않는 방 부장님은 감사실 출신이다. 그래서인지 매사에 꼼꼼하고 그냥 넘어가는 일이 없다.

게다가 3홀릭holic이다.

① 일중독Workaholic

② 술중독Alco holic

③ 담배중독Smoker a holic

쉬는 날에도 현장 나가기, 일주일에 6번은 꼭 술 마시기, 담배는 하루 1갑 기본적으로 피기.

3가지 중독을 다 갖춘 것은 방 부장님뿐만이 아니다. 우리 공사팀 전체가 다(?) 그렇다고 말해도 무방하다. 밤마다 공사팀장 방에 모여 술을 마신다. 술이 떨어지면 빌라마다 돌며 술 구걸을 하기도 한다. 그래서 목요일 저녁마다 4캔씩 나누어주는 내 맥주는 금요일을 넘기지 못한다.

그리고 아침마다 현장에 빨간 눈으로 나와서, "아, 죽겠다~"라는 말을 반복하며 괴로워하는 모습을 보고 있노라면, 나를 위해 내 술을 다 마셔 준다는 부장님의 말씀에 눈물을 흘려야 할지, 웃어야 할지 정말 모르겠다.

방 부장님이 나에게 하루에 가장 많이 하시는 말은, "이 대리, XX 전화 함 해봐라."이다. 하루 종일 나만 보면, "이 대리, 누구 불러라. 이 대리, 누구 좀 불러봐라." 하신다.

덕분에 한 달에 한 번 받는 전화 카드 한도가 남아나지 않는다. 1공구가 현장 공구들 중에 가장 크기 때문에 방 부장님의 하루는 늘 설계와의 싸움, 협력업체와의 타협/협박, 그리고 도면을 들여다보는 것이 일과다.

이제는 설계팀 엄 과장님과 서로 쫓고 쫓기는 사이가 되었다. 서로 전화를 피하고, 서로 전화를 쉴 없이 하는 둘 사이를 보는 것도 내 하루 재미 중 하나다.

"엄 과장~ 점심 맛있게 먹었어?"

"아뇨, 맛없었는데요."

"에이, 왜 그래, 잘 먹는 거 다 봤는데. 나 딱 하나만 물어보자."

"저 일 그만뒀는데요. 저 일 안 해요. 그만할 거예요."

이런 대화로 둘이 3일에 열두 번씩 바뀌는 도면을 상대로 하루하루 기적을 만들고 있다.

이런 방 부장님이 사는 이유는 바로 한국에 있는 딸, 딸, 딸. 쉬는 날이면 인터넷이 그나마 되는 빌라 5로 와서 캠을 보며 어울리지 않게 딸들과 대화를 한다.

"그래, 별 일은 없고? 소영이 좀 바까봐라." 이게 사모님과의 대화 전부다.

반면 "소영이에요? 소영이 아빠 보고 싶었쪄요? 울었쪄요? 아빠 하루 밤만 자고 갈게요~"라며 절대 어울리지 않는 목소리로 아이와 대화를 나눈다.

'하루 밤은 무슨, 몇 백 밤이겠지. 쳇!' 하면서도 난 한국 아버지들의 자식 사랑을 몸소 느끼고 있다.

당신들은 모래바람, 먼지바람 속에서, 숨쉬기도 힘든 더위 속에서 하루 12~14시간을 현장을 뛰며 맥주로 외로움을 달래도, 가족과 자식에게 좋은 집, 좋은 교육을 보장해주고 싶은 우리 아버지들의 모습이 난 한없이 부럽기만 하다.

아무리 힘들고 지쳐도 무언가를, 누군가를 위해 땀을 흘린다는 것은 얼마나 보람 있는 일인가. 나도 언젠가 내가 아닌 누군가를 위해서 저렇게 일할 수 있을까?

3공구 김용훈 과장님.
공구장 3명 중 가장 어리지만 현장에서의 실력으로는 절대 뒤지지 않는 분이다.

거의 찡그린 표정에 눈을 자주 깜빡거리는 버릇이 있다.

난 김 과장님의 사모님을 뵙지는 못했지만 몹시 존경한다. 왜냐고?

김 과장님은 공구리를 치다가 결혼반지를 빠트리고, 예물시계는 술 먹고 여관에서 자다가 놓고 나온 장본인이기 때문이다. 술은 또 얼마나 좋아하는지, 둘째 가라면 서러운 분이다. 국내 현장에서 대리 시절에 있었던 일이라고 한다.

하루는 너무 열을 받아서 동료직원과 함께 술을 마시다 보니 새벽녘이 되었고, 몇 시간 뒤면 출근해야 할 시간. 그런데 좀 아쉽고 해서, 술기운에 "바다를 보러 가자!"고 의기투합(?)하여 그 자리에서 택시를 타고 동해 바다로 갔다고 한다. 택시에서 한참을 자다 보니 동해 바다에 도착하였고, 한숨 자고 난 뒤라 술이 다 깨 버려, 도착하자마자 바다를 보면서 다시 술을 마시기 시작했다.

이렇게 마시다 보니 밤이 되었고, 미치도록 현장에서 찾는 전화를 받아서는 "우리 바다 보러 왔어요." 하며 끊어 버렸다고 한다. 여관에서 한숨 자고 일어나 보니 다음날 낮이었고, 술이 깨고 나니 조금씩 걱정이 되기 시작하더라고.

서로 눈치를 보며 현장에서 가장 어린 기사에게 전화를 했더니, "대리님들, 큰일났어요. 아주 난리에요!"라고 해서 바로 기차를 타고 서울에 도착하니 밤이 되었다고. 집으로 가기는 그렇고 (그쯤이면 집에서도 난리가 났고, 아예 전화기를 꺼버렸으니 집에 가기도 민망했을 것이다) 해서, 우리 한잔만 더 하자 하고 포장마차로 갔단다. 그곳에서 낮에 전화했던 기사를 불러내서 셋이 밤새 술을 마시다 보니 이번에는 서해 바다가 보고 싶더라고. 그래서 이번에는 셋이 택시를 타고 서해 바다로 갔단다. 다시 택시에서 술이 깨어 보니 바다가 보이는 대낮이었고, 바다를 보니 술이 땡기고, 그래서 다시 시작하여 또 다시 밤이 됐단다. 이제 셋이나 현장을 빠졌고, 슬슬 다시 걱정이 되어 서울로 올라가니 왠지 헤어지기 아쉽고. 그래서 현장 과장 한 명을 불러내어 잔소리 좀 듣다가 합세하여 이번에는 넷이 밤새 술을 푸고……

이제 4명이 되어, 현장은 대리 2명, 기사 1명, 과장 1명이 빠져 난리가 났다. 죽을 각오를 하고 현장에 돌아가 소장 방으로 고개를 푹 숙이고 들어가니, 소장 한마디, "니들! 죽고 싶냐?" 꼴을 보니 며칠 집에도 안 들어간 것 같고, 얼마나 현장이 힘들었으면 그랬을까 하는 심정이었는지 "나가서 일해라."라고만 하시더란다.

이 전설적인 이야기의 장본인.

나에게는 너무나도 냉정한 판단과 충고를 해주는, 예를 들어 나의 연애 상담 시, "야, 나 같아도 7살 많은 여자랑 안 살아. 솔직히 니가 연봉이 억대도 아니고……"

지금은 밖에서 만나 쿨하게 "형님"이라 부를 수 있는 그런 따뜻한 마음의 소유자이다.

'기사'에서 '대리'로 승진하기 가장 힘든 곳이 현장이다. 현장에서 뛰는 기사가 사표를 쓸 확률이 가장 높기 때문이다. 기사 1년 차에 반 이상이 사표를 쓴다고 하니, 더 이상 말이 필요 없을 것이다.

현장에서 가끔 기사들이 학교 앞, 횡단보도에서 길 건너는 학생들을 위해 차를 대신 막아주는 일을 하는데, 이때 가장 슬픈 일이 엄마들이 아이들 손을 붙잡고 지나가며 그 기사들을 가리키며 하는 말이란다.

"너 공부 못하면 나중에 커서 저렇게 되는 거야."

이 시간을 견뎌내야만 진정한 건설인이 될 수 있다.

한 번은 현장에서 비상사태가 생겨 공사 과장이 직접 콘크리트를 치는 일이 있었는데, 이를 본 신입 기사가 그 다음날 사표를 썼다고 한다.

"과장 직급에 직접 공구리를 쳐야 한다면 기사인 나는 대체 어떤 희망을 가지고 회사를 다녀야 하느냐?"가 이유였다고 한다.

이 1년이 나에게 건설업에서 살아남느냐, 돌아가느냐가 결정되는 중요한 시간이다. 난 지금 매일 지옥 같은 전쟁터에서 살아남을 방법을 배워 가고 있다.

1공구가 세워진 시작 Pilecap.

김종련 부장님.

우리 공사팀으로 발령 받아 왔다가 한 달 만에 공무팀에서 빼앗아간 분.

회사 직원 정보를 쳐보면, 이제는 더 이상 알아볼 수 없는 오래된 입사 당시 사진을 바꾸지 않고 소중히 간직하고 있는 분이다. 하긴, 그때는 머리숱이 많긴 많아 보였다.

아직도 자신은 호적이 잘못 되어 나보다 3살밖에 안 많다며 같이 늙어 간다고, 맨날 30대인 나와 묻어가려 하는 40대.

처음 발령 받아 왔을 때는 날개를 날고 있는 듯, 머리 위로 광이 비쳤다. 얼마나 적극적이고 기운이 넘치는지, 우리는 밤에

뻔히 안 될 것을 알고 – 하루 이틀 여기서 공사한 것도 아니고 – 내일 공구리를 쳐야 한다며 들어갔지만, 그래도 해볼 때까지는 해봐야 한다고 – 하긴, 누군 처음에 안 그랬나. 다들 그런 마음이었지…… – 밤을 새곤 하셨다.

"한 2달만 지내보세요. 여기서는 안 되는 건 안 돼요."라고 충고도 해드렸지만, 그래도 그런 적극적인 모습이 보기 좋았다. 그렇게도 신나게 현장을 뛰어다녔는데, 현장에 온 지 1달쯤에 공무에서 잠시(?) 빌려가더니 2달 만에 공무팀으로 발령을 내버렸다.

어째서 우리 3공구의 시련은 사람에서도 끝이 보이지 않는지… (그 전에 우리 3공구로 발령 받았던 대리 한 명도 공무팀에서 뺏어갔었다.)

머리 위로 광이 비추던 김 부장님. 공무팀으로 간 지 한 달 만에 그 광은 어두움으로 바뀌고, 어둠의 자식들이라고 내가 놀리던 그 어두움으로 빨려 들어갔다.

나는 지금도 하루에 한 번씩 메인 사무실로 들어가 부장님에게 그 어두움에 대해 장난을 치곤 한다. 그럴 때마다, "야, 이 대리. 너도 여기 와서 날아오는 문서letter 좀 봐주라." 하시며, 책상에 수북이 쌓인 문서들을 어찌 할 수 없다는 표정으로 바라보며 웃곤 하신다.

툭하면 힘들어 하는 나를 '그레이스 줄리아나Grace Juliana'라고 부르며, "그래, 넌 꼭 우아한 노가다가 되어라."라고 나의 꿈을 무시하지 않는 김 부장님은, 내가 불쌍해서 하늘이 보내준 구세주 같을 때가 많았다. 그리고 정말 지쳐 더 이상 물러날 곳이 없을 것 같을 때, 맥주 한 잔 들고 식당에 앉아 내 애기를 들어주는, 나에게는 정식적인 안정제와도 같은 존재다.

아, 우리 불쌍한 김 부장님. 남은 머리숱이라도 고이 간직하고 한국으로 돌아가셔야 할 텐데……

입찰 때문에 둘이 밤을 새우며 막노동(?)을 하면서도 짜증 한 번 안 내는 김 부장님은 우리 회사의 보물이자 특진의 대왕이다. 어떻게 이 힘든 일들을 웃으면서 다 하는지 존경스러울 따름이다.

아무리 생각해도 해병대 출신이라는 말이 사실인 듯하다.

MEPMechanical-Elactrical-Plumbing, 설비전기

기적을 만드는 사람들 중에 공사팀과 가장 많이 싸우는 팀은 MEP-전기/설비다. 전기와 설비는 공사팀과 함께 공정을 진행해 나가야 하는데, 우리보다 앞서야 하는 일이 많다. 때문에 우리는 매일 MEP 일을 다그치고 또 다그친다.

한국에서는 가끔 전기선을 까는 중에 옆에서 공구리를 친다고 하니, 정말 공사팀과 전기/설비는 천적이다.

나의 '후원자'인 정상용 부장님은 우리 현장의 전기/설비 매니저MEP Manager이다. 마른 체격에 못하는 운동이 없을 만큼 만능 스포츠 맨이다. 골프면 골프, 테니스면 테니스, 족구 등 등 정말 못하는 운동이 없다.

또한 내 골프 코치이기도 한다.

나는 운동을 정말 미치도록 싫어하는 사람이다. 나에게 운동 이란 빌라 계단을 올라갔다 내려갔다 하는 것으로 충분하다고 믿는 사람이다.

이런 나를 골프 클럽으로 이끌어낸 분이 정 부장님이다.

사실 현장 생활에서 빼놓을 수 없는 것이 골프다. 할 수 있는 취미와 시간이 한정되어 있기 때문에 대부분의 현장 직원들은 거의 골프를 취미로 한다.

중동은 여름에는 야외 활동을 하기에 거의 불가능하며, 때문 에 주로 겨울에 운동을 하는데, 이때 많이 하는 것이 골프다.

그리하여, 조그마한 공을 따라 여기저기 다니는 것을 저질 스 포츠라고 생각했던 나는 처음으로 정 부장님에게 골프라는 것 을 배우게 된다.

"이 대리, 여기서 골프를 배우지 않으면 앞으로 절대 배울 수 없어. 골프는 기본이야, 기본!" 하시며, 골프의 기본 7번 아이 언 클럽club을 건네 주셨다.

'그래, 어차피 배우는 거 제대로 배우자.'

골프 신발도 핑크색으로 하나 사고 – 내가 받는 한달 물값이 이

날 다 날아갔다 -, 모자도 하나 사고……

TV에서 보면 참 쉽던데… 그냥 팔을 뒤로 뺐다가 앞으로 휘둘러 공을 치면 될 것 같았지만… 몸이 말을 듣지 않는다.

내 저질 체력과 한계를 여지없이 보여준 날이었다.

그리고 정상용 부장님, 정말 꼼꼼한 선생님이다.

"팔을 꼿꼿이 세우고, 구부리지 말고, 어깨를 똑바로 하고, 허리와 팔을 구부리지 말라니까!"

성질은 급하지 공은 왜 이리도 안 맞는지. 골프장 잔디 반을 내 클럽이 땅파기를 한 뒤에 그나마 100개 중 반을 맞추기 시작했다.

그러기까지 부장님의 '잔소리'가 없었다면 아마 나는 클럽을 내던지고 맥주나 마시러 들어갔을 것이다.

일 년에 한 번 아부다비 골프 클럽에서 진행하는 HSBC Abu Dhabi Golf Championship은 세계 Major PGA 골프 대회 중 하나다. 현장 일에 찌든 우리에게는 타이거 우즈나 로리 매킬로이를 눈앞에서 볼 수 있는 아주 소중한 기회다. 하루는 정 부장님이 대회 구경을 가자고 하셔서 따라 나섰다. 입장료가 결코 싸지 않기에 골프에 별 관심이 없는 나로서는 크게 내키지 않았지만, 맛있는 것을 많이 사주신다는 부장님의 말에 그나마 위안을 하며 따라 갔다. 주차할 장소를 찾지 못해 40분 넘게 헤매다가 좀 멀다 싶은 곳에 차를 세우고 내렸는데 주위에 아무도 없어서 좀 의아했다.

"부장님, 우리 여기서 들어가는 거 맞아요?"

"글쎄… 저기로 가면 되지 않을까?" 하시며 길을 건너 잔디가 보이는 곳으로 걸어갔다. 가다 보니 저 멀리에 사람들이 모여 있는 것이 보였다. 아뿔사, 우리는 얼떨결에 골프 대회가 진행 중인 필드를 가로 질러 골프장 안으로 들어온 것이었다. 보안 경비원이 우리를 보았다면 대 망신을 당할 일이었다. 다행이 우리는 아무도 모르게 대회장으로 들어왔고, 그날 공짜로 하루 종일 대회를 구경할 수 있었다. 가끔 현장에서는 이런 재미가 있어 우리는 견디나 보다.

설비팀 이성범 부장님.

정말 고운 피부의 소유자, 설비의 젠틀맨. 동안 지존.

9살이나 어린 부인과 사는, 남자들에게는 엄청 부럽남.

내가 아는 노가다 중에 명품에 대한 지식이 가장 풍부하고, 내가 아는 노가다 중 유일하게 한국에서 수입차를 모는 분이다.

내가 항상 주장하는 '우아한' 노가다와 가장 근접한 분이다.

소리를 지르기보다는 – 뭐 여기는 현장이니 소리를 절대 안 지른다고 자신할 수 없지만 – 조근조근 설명을 하고, 거친 말도 안 한다.

항상 잘 정돈된 머리 스타일 – 중동에서 정상적인 머리 스타일을 유지한다는 것은 거의 불가능이라고 보면 된다 – 과 반듯한 옷차림. 무료할 때 맥주 한잔 마시자 하면 언제나 흔쾌히 오케이 하고 남의 얘기를 귀 담아 들어 주는, 나에게는 가끔 쉬어 갈 수 있는 쉼터 같은 분이다.

내가 아부다비에 도착한 그날부터 내가 배고프다고 하면 언제나 책상에 숨겨 놓았던 초콜릿이나 과일을 흔쾌히 내주는 분. 일을 지시할 때 강요나 명령이 아니라 마치 부탁을 하듯 하는 분.

나를 '이 대리'라고 부르기보다는 "지영아"라고 불러 준 분. 그래서 나는 이 부장님이 상사가 아닌 '오빠'같은 느낌이 더 많이 들었었다.

힘들게 지금까지 끌고 온 설비팀.

이런 이 부장님에게도 사표를 가슴에 품고 다니는 일이 생겼으니, 조적 공사를 시작하고 얼마 되지 않아 갑자기 box opening 간격에 대한 지시가 발주처에서 내려온 것이다. 설계 승인까지 다 난 후에 갑자기 변경 지시가 내려왔고, 시방서나 규정에 없음에도 불구하고 발주처와 감리는 억지로 일관하였다.

"지영, 나 아무래도 한국으로 돌아가야 할 것 같다…"

"왜요? Opening 때문에요? 너무 속상해 하지 마요. 근데, 정말 가게 되면 냉장고 주고 가면 안 돼요?"

"너!!!!"

중동에서 일하기 가장 힘든 것 중에 하나가 발주처와 감리의 잦은 억지다. 분명 설계 승인도 자기들이 했고, 별다른 문제가 없음에도 그들은 억지를 부린다. 우리는 근거를 제출해도 요지부동일 때가 있다. 하지만 그들과 싸우는 것은 미련한 짓이다. 싸워서 이긴들 다음번에 또 다른 일로 걸고넘어지면 더 피곤해지기 때문이다.

결국 이 일로 공사가 4개월 가까이 지연되었고, 이 부장님은 처음으로 머리를 깔끔하게 정돈하지 못하고 현장에 출근하였다.

이분들 외에도 많은 사람들이 함께 현장의 기적을 만들어 가고 있다.

공사, 공무, 전기/설비, 관리, 안전, 품질보증QA 및 품질관리QC, 설계 직원들…, 그리고 협력업체 관계자들부터 50도가 넘나드는 더위 아래 삽질을 하는 노동자들까지, 한 명 한 명의 땀과 노력이 모여 모래 위의 기적을 만드는 것이다.

기적이란 하루아침에 이루어지는 것도, 한 순간의 노력만으로 이루어지는 것도 아니다.

기적이란 많은 사람들이 한마음이 되어 자신의 일에 충실할 때, 모두의 열정이 하나가 될 때 이루어지는 것이다.

내가 이러한 기적이 이루어지는 현장의 한 부분이라는 것에 감사한다.

언젠가 아부다비의 Al Reem Island 2030 Plan이 완공되어 20년 후 내가 다시 여기를 찾았을 때, 내 아이와 함께 길을 걸으며 얘기할 수 있었으면 좋겠다.

"저기 저 타워Tower 5동 보이지? 저거 엄마가 만든 거야."라고.

알림 아이슬랜드. 앞에 보이는 아파트들이 알림 아이슬랜드의 첫 프로
젝트였던 Marina Square이다. 아부다비에서 외국인이 부동산을 소유할
수 있는 곳 중 한곳이다.

언제나 당당했던 후배

벌써 십년이 되어 가는가 보다.

이지영 대리는 그때 이미 후세인 정권하의 이라크에 들어가 활동하였으며, 쿠르드족 최고 지도자들과도 친분을 맺었다.

일반 영업맨들과는 달리 비즈니스 파트너사의 최고 결정권자들과 스스럼없이 교류하는 모습이 예사롭지 않았었다.

밤새 담소하며 교류하는 아랍 국가들 특유의 문화에도 아랑곳하지 않고, 그들과 어울리며 친분을 쌓아가던 이 대리의 모습이 오히려 나를 당황하게 했던 기억이 난다.

여성이? 아직 경험 부족인데…, 라는 생각은 기우였다.

하지만 이런 편견 때문에 우리 조직 사회에서 잘 흡수되지 못하는 불이익을 받았는지도 모르겠다. 타의반으로 한동안 프리랜서로 활동하던 모습이 내 눈엔 안타깝기도 했으니……

기라성 같은 선배들도 많은데 이지영 씨가 이번에 책을 쓴다고 하기에 그 친구답다는 생각이 스치며 마음으로부터 응원을 보낸다.

주저함 없는 도전의식이 장점인 이 친구의 펜 끝에서 과연 어떤 얘기가 묻어나올지 사뭇 기대가 된다.

올해 이 무더위를 뚫고 좋은 읽을거리가 하나 나올 것 같다.

－오진원(당시 SK 건축 부문 전무)

사막을 걷다

현장 생활이 여자에게 정말 힘든 이유는, 일도 아니고 살이 타들어 갈 것 같은 더위도 아니다.

바로 외로움이다. 플랜트는 여자 직원들도 많이 나오기는 하지만 거의 사무직이고, 현장을 뛰는 여직원은 찾아볼 수 없다. 남자들이야 술을 마시며 풀기도 하고, 뭐 여러 가지 방법으로 나름 스트레스를 풀지만, 나같이 철저히 혼자인 경우는 그 스트레스와 외로움을 달랠 길이 없다. 그나마 KBS World에서 볼 수 있는 드라마로 외로움을 달래곤 했다.

게다가 내가 몰랐던 남자들만의 세계. 난 남자들의 세계란 영화에서 나오는 의리, 강인함, 연약한 여자를 지키는, 뭐 그런 세계인 줄 알았다.

참, 웬걸. 여자들보다 뒷말이 더 많고, 수다는 기본이며, 감정 기복은 어찌나 심한지.

여자들이 한 달에 한 번 하는 기복 가지고 뭐라 할 게 아니다. 건설 현장의 남자 직원들과 한 달만 함께 지내보면, 여자들은 양반이다.

툭하면 삐지고, 작은 일에 연연하고… 아주 흔하게 부딪히는 일이다. 언젠가 내가 세상에 이 사실을 알리리라. 이 숨겨진 현장 남자들의 속 좁은 세상을…

인간이기에 마음에 맞는 사람도 만나야 하고, 여자이기에 수다도 떨어야 하고…, 이 기본적인 권리마저 챙기지 못하고 살아야 한다는 사실이 가끔은 여기서 내가 사는 이유를 묻게 한다.

인간이 어찌 밥만 먹고 산단 말인가? 남자들은 군대라도 다녀와 그나마 적응이 덜 힘들다지만, 군대라곤 사촌 오빠 면회가 전부였던 나에게는 정말 지옥보다 못한 곳이다.

24시간 함께 일하고, 같이 세 끼를 먹고, 심지어 휴일에도 같이 노는 현장 직원들도 나만큼이나 답답하겠지?

하루 일과가 끝나고 숙소로 돌아와 신발을 벗었을 때 묻어 떨어지는 모래는, 내 자신이 현장 생활에 치여 조금씩 지쳐 가는 모습과 같다는 생각을 자주 한다.

오히려 여자이기 때문에 큰 소리를 내어 울지도 못하고, 조용히 화장실로 들어가 문을 잠그고 타월에 얼굴을 묻고 꾸역꾸역 숨죽이며 우는 내 자신이 가끔은 시리도록 처량하다.

무얼 위해 하는 건지, 이겨 내야 하는데 도대체 누굴 위한 싸

움이며 누구와 싸우는 건지, 요즘은 나도 이렇게 살고 있는 내
자신에게 회의가 들기도 한다.

사막의 일과

아, 울리지 마, 울리지 마, 제발.

뚜뚜뚜. 젠장. 오늘도 난 알람보다 5분 빨리 깨어나 알람이 울리지 않기를 기대하며 눈을 꼭 감고 누워 있지만, 나의 핸드폰 알람은 하루도 빠지지 않고, 고장도 나지 않고, 항상 새벽 5시면, 해도 뜨지 않은 시간에 날 깨우지. 젠장~.

겨울이라서 날씨가 좋다는데, 난 왜 이렇게 추운거야. 투덜~ 투덜~.

잠이 깨려면 빨리 씻는 게 상책이지. 씻다보면 잠이 좀 깨거든. 정말 짜증나는 건 물탱크가 빌라 옥상에 자리 잡고 있어서, 여름에는 50도가 넘는 더위 때문에 찬물이 안 나오고, 겨울에는 반대로 뜨거운 물이 잘 안 나온다는 사실. 또다시 젠장~이다. 선크림 바르고, 대충 얼굴에 이것저것 바르고, 머리도 대충 질끈 묶고, 6시에 숙소에서 현장으로 출발하는 버스를 타야 해. 숙소에서 현장까지는 30분 정도. 이 시간 동안 2% 부족한 잠을 채우지. 머리를 수없이 유리창에 부딪치며 가다가 귀신 같이 눈이 떠지면 현장 앞이야.

현장에 모래를 날리며 도착하면 출입문에서 우리를 처음 맞이하는 사람은 라주Raju. 예의도 바른 경비요원. 누가 가르쳐줬는지 항상 머리를 숙여 인사를 한다.

아침 해가 뜨려고 슬금슬금 눈치를 보는 동안 협력업체 직원들과 노동자 1,500명은 재해예방 안전교육TBM-Tool Box Meeting, 일명 아침 체조를 한다. 가끔은 유치한 소녀시대 노래도 틀고⋯⋯

나는 커피믹스를 들고 맨 앞에 서서, 체조를 끝으로 "안전제일!! OK SK"를 외치며 우르르 현장으로 뛰어가는 그들을 보며 또 다른 지옥의 하루를 시작한다.

자리에 앉아 컴퓨터를 켜고 회사 오피스 넷에 들어가니, 준공일 729일⋯이라는군.

'젠장, 730일에서 겨우 하루 줄었군.'

내 20대는 생각할 여유도 없이 초스피드로 지나가더니 여기의 시간은 하루가 1년 같으니⋯⋯

머리에 잘 맞지도 않는 안전모를 쓰고, 다른 사람들과는 다르게 생긴 안전화를 신고(내 발 사이즈는 225. 남자들만 신는 현장 안전화는 225사이즈가 없다고 하여 손수 제작한 안전화였다), 그나마 덜 더운 아침에 현장을 돌아야 하기 때문에 서둘러 현장으로 내려가.

한 바퀴 돌고 오면 일일 보고가 수북이 쌓여 있고, 난 그때부터 정신없이 오늘의 "데스라", 일명 일일보고서를 작성하지. 참 지겨운 일이야. 매일 협력업체가 뭘 했는지, 인력은 몇 명이나 나왔는지 계산해서 올린다는 건, 바보도 할 수 있을 만한 일을 왜 내가 하고 있는 거야. 투덜투덜~.

넌 현장에서는 기사 1년차니까, 라며 혼자 위로 좀 하고.

아부다비시 당국ADM, Abu Dhabi Municipality의 점검inspection request가 있는 날이면 7시부터 그쪽으로 달려가서 그 전날 받은 inspection request를 들이밀며 어떻게든 사인을 받아 나와야 해.

준비가 다 끝나지 않은 것도 미리 승인을 받아야 콘크리트를 칠 수 있거든.

아부다비시 ADM 점검이 없는 날은 이래저래 장비 보고서 받고, 직영 보고서 받고, 감리 싸인 받고 하다 보면 12시, 어느새 점심시간이야. 기사를 불러 차를 타고 메인 오피스 직원 식당(식당이라기보단 그냥 홀hall이야. 이곳으로 숙소에서 준비한 식사를 가지고 와서 퍼주면 우린 그걸로 한 끼를 때운다)으로 가야 해. 밥 한 끼 먹으러 차를 타고 왔다갔다, 이것도 참 지겹다.

식사 메뉴는 항상 같아. 매일 돌아가며 같은 메뉴가 바뀔 뿐.

앉아 식사 하는 걸 보고 있노라면, 이건 즐거운 식사 시간이기는커녕, 살기 위해 꾸역꾸역 목구멍으로 밥을 밀어 넣는 모습일 뿐이야.

나도 예외는 아냐. '그래, 먹어야 살지. 부지런히 먹어야 해.'

호주에서 회사 다닐 때 점심시간은 1시간 정도. 이런저런 얘기도 하고 서로 웃으며 농담도 하고 차도 마시고……. 하지만 현장에서의 식사는 10분이면 끝이야. 빨리 먹고 낮잠을 자야 하거든.

그런데 코까지 골며 열심히 낮잠을 자던 부장님들도 1시만 되면 귀신같이 눈을 뜨고 다시 현장으로 출동. 도착하자마자 우린 다시 커피를 마시며 오후 근무를 시작해.

1시부터 퇴근 6시까지는 시간이 참 힘들게 흘러. 소리도 질러야 하고, 이것저것 신청도 해야 하고, 정신없이 날아드는 공문과 작업 지시 문서에 일일이 답도 해야 하고, 협력업체 계약서도 읽고 정리해야 하고……

6시가 되면 차를 타고 오피스로 가서 다시 저녁밥을 꾸역꾸역 넘기고, 7시에 버스로 숙소로 이동해. 버스는 7시, 9시, 10시 이렇게 출발하기 때문에 어떻게든 저녁밥을 빨리 해치워야 7시 버스를 타고 숙소로 돌아갈 수 있어.

지친 몸을 씻고 나면, 남자 직원들은 주로 술을 한잔들 하고, 나는 이른 시간인 9시쯤에 잠자리에 들어. 빨리 잠들어야 외로운 시간이 조금은 덜 느껴지니까.

이렇게 반복되는 하루하루가 나에게 어떤 의미가 있는 것인지

아부다비 야경.

는 잘 모르겠지만, 이런 시간을 버티면 왠지 강해질 것 같아
서, 왠지 어른이 될 것 같아서, 왠지 소중한 무언가를 얻어 갈
수 있을 것 같아 버티지만, 정말 난 모르겠어. 2년 후에 내가
진정 무엇을 가지고 돌아갈지는……

본사 팀장님에게 신중하게, 밤새 생각한 뒤에 메일을 보냈다.
"팀장님, 아무래도 저는 현장에 맞지 않는 것 같습니다. 본사
로 돌아가야 할 것 같습니다. 주절주절……"
그 다음날 답이 왔다.
"이 대리,
시끄럽고. 현장에 나갔으면 뼈를 묻어야지.
……
이 대리, 복 받을 거야."

가끔 현장 글로벌 스태프 중에 생일을 맞은 직원을 위해 생일상을 차려주
기도 한다.

그 뒤로 나는 팀장님에게 메일을 보내지 않았다. 답장이 두려
워서.

3공구의 저주

'고사를 지냈어야 했어. 왜 현장 착공 전에 고사를 지내지 않았는지…. 그것도 집중적으로 3공구 앞에서 지냈어야 했어.'

국내 현장에서는 착공 전에 항상 고사를 지낸다. 그리고 해외에서도 고사를 지내는 곳이 있다. 발주처가 중국이거나 아시아 나라일 경우에는 고사를 지내는 일이 종종 있다.

우리 현장 발주처는 말레이시안 회사다. 첫 공구리, 콘크리트 타설할 때 발주처에서 물어 왔다. "왜 착공 때 고사를 지내지 않았냐?"고.

우린 웃고 말았지만, 현장에서 안 좋은 일이 터질 때마다 그 얘기를 한다. "고사를 지냈어야 해." 하고 말이다.

우리 현장은 1, 2, 3 공구로 나누어져 있다. 그런데 유난히 3공구에서 일이 많이 터진다.

착공 4개월. 기초 공사가 한창일 때였다.

금요일 저녁 두바이에서 친구를 만나 밥을 먹고 있는데 3공구의 외국인 스태프global staff인 임란Imran으로부터 다급한 목소리로 전화가 왔다.

"마담Madam(현장에서 남자들은 써sir라고 부르곤 하는데, 난 여자이기에 마담이다. 가끔 방 부장님은 "이 마담~"하며 날 놀리시곤 한다), 영구 배수 시스템에 문제가 생겼습니다. 3공구에 물난리가 났어요."

엥, 이건 또 무슨 소리냐.

도면이 수정되어 거의 2달째 공사가 중지되었다가 다시 작업이 시작된 3공구였다. 공구장도 그 이유로 현재 휴가 중이고.

영구 배수 시스템이 꺼져 물이 차… 물이 찼어?… 물이, 물이!!!!! 허걱!!!

당장 현장에 있는 전기공에게 연락하라고 얘기하고 나는 바로 부장님에게 전화를 하였다.

"부장님, 영구 배수 시스템이 멈췄데요! 물이 찼대요! 빨리 현장으로 가보세요!"

그 전날 야근을 한 부장님은 잠결에,

"이 대리, 무슨 소리냐. 음~ 뭐가 어떻게 됐다고? 에이 씨~, 김 과장한테 전화해봐. 음.냐……"

"부장님!!!! 물이 찼다고요! 3공구에 물이 찼다고요!" 소리를 꽥 하고 지르니 그때서야 잠이 깨셨는지,

"뭐야! 정말이야? 큰일이네. 이 대리, 현장에 지금 누구 있냐?"

"오늘 금요일이잖아요. 아무도 없지요. 근데, 지금 임란을 보냈으니 현장으로 가고 있을 거예요. 전기공한테 우선 연락해서 상태 알아보라고 했어요."

"그래? 알았어. 빨리 가봐야겠다."

두바이에 있으니 당장 현장으로 달려갈 수도 없는 일이고, 난 아부다비로 돌아갈 때까지 발만 동동 구르며 전화로 현장에 있는 직원과 현장파악을 했다.

다음날, 지옥의 문이 열렸다. 소장님과의 긴급회의를 시작으로 본사와의 회의, 보험사와의 회의, 줄줄이… 책임자 문책, 예방 조치 등, 본사의 상무님, 팀장님의 방문과 끝없는 대책회의가 시작되었다.

휴가를 갔던 공구 과장님은 빠른 복귀를 하였고, 그 이후로 많은 스트레스를 받은 전기/설비MEP 담당 부장님은 사표를 썼으며, 현장 직원들은 예방 조치로 그나마 하루 쉬는 금요일을 당직으로 돌아가며 반납하는 신세가 되었다.

그리고 4개월이 지났다.

3공구도 바닥에서 벗어나 머리를 들어 올리는 참에 사고가 또 터졌다.

3공구 골조를 맡고 있던 회사가 부도 위기에 처한 것이다. 법정관리에 들어갔고, 현장 근로자들이 밥값이 없어 출근을 못하는 사태가 벌어졌다.

저주의 3공구 담당
인 김용훈 당시 과장
(왼쪽)

차라리 부도가 났다면 업체만 갈아타면 그만인 것을, 법정관
리라니… 이건 이러지도 저러지도 못하는 지경이니… 문제 해
결을 위해 공사부장님이 바로 비행기를 타고 본사로 날아갔
고, 3공구는 직원들 월급도 처리 못한 채 본사의 결정만 기다
리는 신세가 되었다.

그러는 사이에 쌓아 두었던 폼이 와르르~. 천만 다행으로 사
람은 다치지 않았지만, 정말 아찔한 순간이었다.

"에이 씨~, 난 또 휴가나 가야겠다."라며 웃었지만, 과장님의
웃음에는 왠지 씁쓸함이 묻어나고 있었다.

내가 "지금이라도 고사를 지내면 안 될까요?"라고 하자 허탈
한 웃음으로 답을 대신하였다.

3공구의 저주는 언제쯤 끝이 날까?

"야, 이 대리. 이렇게 더운데 무슨 전기장판이냐?"

"아이 참, 조금만 기다려 보시라니까요."

매번 하는 얘기다. 처음 중동으로 발령 받는 사람들은 전기장판을 꼭 챙겨 오라는 말에 한번 갸우뚱, 도착해서는 더운데 무슨 전기장판이 필요하냐며 난리다.

여기는 사막이 아닌가?, 라며……

물론 한여름에는 50도가 넘나드는 더위에 지쳐 나가지만, 12~3월 겨울이 오면 중동에서 왜 전기장판이 필수품인지 이해를 하게 된다.

12월 30일, 오늘 아침 기온은 14도다. 새벽에는 더욱 추우니 전기장판 없이는 정말 견디기 힘든 추위다.

사우디와 이라크는 겨울에 눈도 온다. 작년에는 아랍에미리트 UAE 샤르자에 1cm의 눈이 왔다.

중동이 덥다는 편견으로 여름옷만 잔뜩 싸왔다간 낭패를 당하기 십상이다. 중동에 올 때는 겨울옷과 전기장판을 꼭 준비하도록!

"우두두두~"

"1년 동안 올 비가 3일에 다 오네. 현장은 괜찮으려나……"

아랍에미리트에는 겨울에 비가 종종 오는 편이다. 그런데 올해는 웬일인지 3일을 넘게 거의 폭우 수준으로 비가 내렸다. 여기저기서 홍수가 나고, 더욱이 우리 현장은 이름 그대로 알림 아일랜드Al Reem Island, 그렇다, 섬Island이다.

비가 오면 우리 현장과 그 주변은 고립된다. 3일 동안 퍼부은 비 덕분에 여기저기 도로가 물에 잠기고, 출퇴근길이 1시간도 더 넘게 걸리는 사태에, 버려진 차들로 많은 길이 막혀 버렸다. 결국 타워크레인의 모터가 나가는 사태가 벌어졌고, 우리는 6개 중 2개의 타워크레인을 2주가 넘도록 쓰지 못하게 되었다. 현장의 타워크레인이란 심장 같은 존재다. 기준층이 올라가기 전까지 타워크레인 의존도는 거의 100%라고 생각하면 된다. 그런 타워크레인을 2주간 못 쓴다는 말은 현장의 일이 그만큼 늦어진다는 얘기다.

고장난 2개의 타워크레인 중 하나는 역시(?) 3공구 타워다.

오늘은 3공구장, 김 과장님이 위경련으로 병원으로 실려 갔다. 마음이 아프다.

2주…

전화가 온 지 2주가 넘어가고 있다. 날짜를 세고 있는 건 아닌데, 시계를 매일 보는 것도 아닌데, 전화를 기다리는 것도 아닌데, 하늘은 맑아도 마음이 아프다.

아부다비와 서울. 비행기로 10시간 거리. 내일이라도 보고 싶으면 저녁에 비행기를 타고 가서 볼 수 있는 거리다.

하지만 장거리 연애란 말처럼 그리 쉽지가 않다.

항상 반복되는 철근 작업. 50도가 넘나드는 여름에는 철근이 가열되어
그 열기는 말로 다 할 수가 없다.

전화기를 아무리 붙잡고 있어도, 메신저MSN로 하루 일과를 묻고 또 물어도 결국 보고 싶을 때 보지 못하고 만지고 싶어도 그러지 못하는 현실이라는 벽이 있기 때문이다.

현장의 일과는 참 힘들다. 남자들 31명의 틈바구니에서 살아남기 위해 난 하루에도 몇 번의 전쟁을 치러야 하며, 목이 쉬도록 소리를 쳐야 한다.

이러다 보니 마음은 그렇지 않은데 자꾸만 가장 사랑하는 사람에게 투정을 하고, 화를 풀고, 짜증을 내게 된다. 그러지 말아야지, 사랑하는데 화내지 말아야지, 하면서도 전화를 하다 보면 하루 일과에 찌든 나는 작은 일에 섭섭해지고, 소심해지고, 결국 싸움이 난다. 이번에도 그랬다.

"오늘은 뭐 했어?"로 시작해 잘 나가다 또 터졌다. 어찌 보면 아무것도 아닌 일이 여기서는 크게 보여지고, 더 심각해진다. 그래서 전화하지 말라고 소리친 게 2주가 넘었다.

근데 이번에는 정말 안 한다. 젠장!

'지도 힘들겠지. 힘들었겠지.' 처음에는 화가 나서 나 역시 연락을 안 했는데, 좀 지나니 마음이 아팠다.

'그래, 얼굴도 보지 못하는 사람 곁에서 짜증이나 받아 주느니 차라리 좋은 사람 만나라.'

그러면서 하루하루를 견디고 있다. 보내면 안 되는 사람인 줄 잘 안다. 보내고 나면 후회할 것도 잘 안다. 하지만 보내는 데

익숙한 나는, 사랑을 내 인생에 사치라고 생각하는 나는 오늘도 너무 크게, 너무 환하게 웃고 또 웃는다.

이번이 아마도 마지막이 아닐까 싶다. 보내는 것도 이제는 지친다.

내 마음이 불쌍하다. 하지만 '보내려면 내 식대로, 최대한 잔인하게, 다시는 뒤돌아보지 않게… 나쁜 년, 미친년 소리를 들어야 진정한 끝이지.'

내가 하루하루를 버텨야 하는 이 현장의 대가다. 그것도 아주 잔인한 대가……

마음아,

미안하다.

맨날 아프게만 해서.

맨날 울려서.

너도 이제 그만 하자……

우아한 노가다

'단순, 무식, 과격.'

이것이 우리 방 부장님이 나에게 항상 말하는 노가다의 자세다.
그러면 나는 '왜 노가다는 우아할 수 없냐?'고 반발을 한다.
나야 국적으로 보나 전공으로 보나 이방인이기 때문에 노가다
에 대해 뭘 알겠냐만, 그래도 발을 들인 이상, 난 어떻게든 단
순, 무식, 과격의 이미지를 바꾸고 싶었다. '아니, 왜 노가다는
우아하면 안 되는 거야?'

하지만 한 달 두 달이 지나 언제인가부터 나는 말보다는 소리
를 지르는 것이 현장에서 더 통한다는 것을 알게 되었고, 먼
지와 모래바람 사이에서 머리와 옷의 매무새를 단정하게 하고
다니는 것이 사치스럽게 느껴질 정도로 변해 가고 있었다.

안 되면 소리를 쳐서라도 되게 하고, 안 되는 것도 그냥 되게
하면 되고… 어제 소리 지르며 싸우던 사람들과도 내일이면
술 한잔으로 풀리는 그런 내가 되어 가고 있었다.

하지만 이런 와중에도 나에게 우아한 노가다가 될 기회가 있

었으니, 그것은 본사에서 출장자들이 올 때였다.

회사의 첫 해외 건축 현장이니만큼, 우리 현장에는 과도하다 싶을 정도로 많은 관심이 쏟아졌고, 여러 부문과 부서에서 출장을 나와 우리 현장을 찾았다.

이 중 가장 반가운 출장자들은 당연 본사 우리팀 식구들. 이 지옥에서 버티고 있는 나를 잊지 않고 찾아주며, 출장비를 아껴 맛있는 것을 사주는 고마운 이들이다.

전성진 과장. SK건설에서 '남자 이지영'이라고 불리던, 세상 둘째가라면 서러운 까칠남.

본사에서 누군가 출장나왔을 때 회식을 하던 아부다비 식당.

하지만 누구도 비교 불허인 그것! 견적에 있어서는 그 누구도 따라갈 사람이 없다는 사실.

그 어떤 견적을 내건 back data를 2배 이상으로 만들어 내니 그 누가 뭐라 할 수 있겠는가. 해외 견적은 아무래도 하청업체들 한 곳 한 곳 다 비교 견적을 받아야 하기에 가끔 아부다비로 출장 와서 견적 작업을 하기도 한다. 그럴 때마다 귀찮다며 툴툴대면서도 출장비 중에 가장 많은 밥값을 아껴 내게 맛있는 것을 쏘기도 하는 의리 있는 친구다.

한국에서 내가 가장 많이 했던 일은 해외 업체에 전화나 메일을 보내 견적을 받는 것이었다. 하지만 아무래도 시차도 있고, 전화로 견적을 요청하면 받을 확률이 낮다. 사실, 이미 수주한 프로젝트의 견적을 그 나라에서 받는 것이 가장 빠르면서도 견적을 최대한 낮게 받을 수 있는 방법이지만, 해외 건설 프로젝트가 많지 않은 국내 회사들로서는 입찰 시기부터 최대한 낮은 견적을 받아야 수주 가능성이 높아진다.

견적을 최대한 낮게 받을 수 있는 방법은 여러 가지다. 그중, 우선 진행중인 프로젝트가 있으면 가장 좋고, 그 다음은 견적을 받아야 하는 회사의 영업 담당과 친분을 쌓는 것이다. 그렇게 하면 그 회사 견적뿐만이 아니라 다른 공정의 견적까지도 낮게 받을 수 있는 방법을 찾을 수 있게 된다. 영업 담당은 거의 대부분이 제3국인이기에 항상 더 나은 조건의 회사로 옮기고 싶어한다. 특히 그중 연봉과 대우가 꽤 괜찮다고 알려진 국내 회사들은 현지에서 인기가 좋다. 모든 영업의 기본은 친분이다. 그것이 견적을 받아야 하는 하청업체이건 입찰을 받는 발주처이건.

"이번 견적은 할 만 하냐?"

"할 만 하겠냐? 넣고 싶은 거 다 넣으면 입찰 하나마나야. 어떻게든 낮게 좀 받아와. 대신 밥 값 넉넉히, 차 몇 대 넣어줄게."

"나는 홍일점이니까 따로 나가서 살 집 좀 견적에 넣어주면 안 되냐? 시집도 안 간 처녀가 한 빌라에서 남자 직원들하고 같이 산다는 게 말이나 되냐?"

"그래, 말이 안 되지. 여자라면 그건 말이 안 되는 거지. 근데 여기 여자가 어딨어?"

"이쉬~. 그냥 직원들 쓸 차량이나 좀 넉넉히 넣어주라."

항상 다음 현장은 동남아시아에서 하겠다는 굳은 다짐과 함께 오늘도 전 과장은 먹을 걸 쌓아 놓고 호텔방에 스스로를 가둬 놓은 채 밤샘 작업을 하고 있다.

처음에 권혁수 팀장님이 우리 팀으로 왔을 때, 솔직히 난 그다지 좋아하지 않았다.

아니지, 말은 바로 해야지. 정말 싫었다.

권 팀장님의 외모는 처음 본 사람은 그다지 살갑게 다가가기 힘든, 그런 생김새다. 술자리가 잦다 보니 얼굴은 항상 빨간 색상이 돈다는……

전에 다른 팀의 팀장을 하고 있을 때 우리 팀 바로 옆 자리였는데, 정말 소리를 잘 질렀다.

그런 분이 우리 팀으로 온다니… 허걱!

처음 팀장님이 오셔서 직원들과 개별 면담을 할 때다.

"이 대리, 뭐 할 말 없어?"

"저는요, 한국 사람이 아니에요. 그러니까 저한테 소리 지르지 마세요. 욕도 하지 마세요. 심장이 약해요."

그때 내가 6차원인 걸 아셨다고……

성질은 얼마나 급한지.

회사에서 직원들이 영화를 보며 영어 공부를 하자는 취지로, 쉬운 아이들 영화로 시작하자며 '쿵푸 팬더Kung Fu Panda'를 보기로 하였다.

"야, 이 대리. 넌 내 옆으로 와서 동시통역 좀 해." 하며 나를 부르셨다.

"동시통역이 생각보다 얼마나 힘든데…", 중얼중얼 하며 팀장님 옆으로 가서 영화를 보기 시작했다. 말이 동시통역이지, 아무리 아이들 영화라 한들 어찌 쉬울까.

그리고 말이 애들 영화지 그 영화를 본 사람들은 다 느꼈겠지만, 말의 속도가 장난이 아니다.

한 10분 정도 흘렀을까…

"야, 잠깐만 스톱stop 해봐." 하시더니,

"이지영이 빼고 이거 알아듣는 사람. 없지? 에이 씨, 이거 애들 영화 맞아? 하나도 안 들린다. 맥주나 마시러 가자. 다음에는 더 쉬운 거 찾아봐. 궁시렁궁시렁…"

우리 팀의 영어 배우기 작전은 그렇게 끝나 버렸다.

내가 발령을 받고 마지막 회식을 할 때, 비싸다고 삼겹살 먹으라고 하시고는 내가 좋아하는 오리 고기를 사시고, 2차는 나에게 쏘라고 하시더니 노래방에서 부장님께 조용히 카드를 넘기고 가시며, 배웅 나간 나에게 열심히 하면 된다고, 열심히 하고 오면 된다고, 그리고 소장에게 들이받으면 안 된다고 하며 돌아서시던 팀장님. 뒤에서 난 얼마나 눈물을 참았는지 모른다.

겉으로는 맨날 '이 자식, 저 자식' 하시면서도 속으로는 따뜻하게 감싸준 팀장님은 나에게 우상이자 존경 대상이다.

"너 임마, 소장을 들이받으면 안 되는 거 알지?"라는 마지막 충고와 함께, 난 아무 준비 없이 33개월이라는 시간을 친정과 같은 본사와 떨어져 아부다비로 날아왔다.

팀장님, '저 자식이 얼마나 버틸까?' 걱정하셨다는데, 저 1년

버텼습니다. 근데 솔직히 얼마나 더 버틸지는 약속을 드릴 수가 없습니다. 팀장님, 저 이제 좀 돌아가면 안 될까요? 흑흑.

이런 분들과 어깨를 함께할 수 있어 얼마나 감사한지 모른다. 얼마나 다행인지 모른다. 6차원 외국인을 따뜻하게 받아 주신 분들 덕분에 난 행복하다.

치사한 놀이

우리 현장에는 차가 몇 대 없다. 비용을 절감하기 위해 차의 수를 줄였기 때문이다.

출퇴근은 대형 버스 – 색깔도 유별난 것이 마치 관광버스 같다 – 로 하고, 차량은 당직이나 공사팀, 공무팀, 관리팀, 안전/품질 관리, 설비/전기, 설계, 이렇게 나누다 보니 주말에는 항상 차가 모자란다. 그래서 일주일에 한 번 노는 금요일에 차량을 돌아가며 배정해 준다. 팀에서 한 명만 배정을 받아도 그 주말은 어디든 놀러갈 수 있으니, 목요일 오후만 되면 가장 먼저 체크해야 할 것이, '누가 차를 배정 받았는가'이다.

차 한 대에 주말 방콕이냐, 두바이냐가 결판나는 것이다.

워낙 '없는 살림'이다 보니 차를 배정 받는 사람을 우리는 부러워할 수밖에 없다.

"차 받았어? 어디 갈 거야?" 하며 한바탕 잠시 부러움의 대상이 되는 목요일 오후.

그런데 한 달에 한 번 돌아오는 이 기회를 어이없이 저버리는 사람들이 있으니, 다름 아닌 일 중독자들workaholic이다.

저번 주 배차 대상은 방 부장님이었다. '우와, 이번 주에는 두 바이를 갈 수 있겠구나!'라는 생각에 김 부장님과 김 대리, 그리고 나 이렇게 모여서 주말 구상을 열심히 하였는데……

"방 부장님, 차도 받으셨는데, 우리 뭐할까요?"라고 묻자,

"나? 난 차에서 잘 거야. 그리고 내일 차 끌고 현장 갈 거야."

허걱! 노는 날 현장에? 그것도 당직 차가 아닌 배차를 타고 현장에? 그리고 잠을 차에서?

"오랜만에 배정 받았는데 아까워서 차에서 자려고."

굳이 확인하지 않았지만, 분명 그러고도 남을 분이니… 그리하여 그 주말에 나머지 우리는 어쩔 수 없이 하루 종일 방콕을 해야만 했다.

이쒸~, 차라리 일할 거면 당직 차를 타고 가시던지.

토요일에 정말 현장 나가셨냐고 물으니,

"오전에 갔다 왔어."

"그럼 오후에는요?"

"방에 있었지."

"그럼 차는요?"

"차? 밖에 세워놓았는데?"

"오후 내내요?"

"갈 데가 없어서 그냥 방에서 낮잠 잤는데."

아부다비 주유소.

"그럼 오후 내내 차를 안 쓰신 거예요?"
"왜? 차 쓰려고 했어? 말을 하지."

이렇게 낭비(?) 되는 차들은, 어쩔 수 없이 방콕을 해야 하는 우리에게는 절망이다.
'치사하게, 방에 계실 거면 차 좀 넘겨주시지……'
가끔 우리는 이렇게 치사한 놀이를 하며 한 달을 또 넘긴다.
다음부터 차 안 쓰는 사람들에게는 배차를 하지 말자고 해야지, 라고 난 매주 생각만 한다.
그래도 일주일에 한 번은 다른 직원들에게 잠시나마 부러움의 대상이 될 수 있는 기회를 뺏을 수는 없지 않나.

탈출

발령 받고 힘든 6개월이 지나야 첫 휴가를 갈 수 있다(지금은 4개월에 한 번으로 변경되었다). 처음에는 현지 적응을 하느라 6개월이 그래저래 정신없이 지나가지만, 첫 휴가 전날 밤에는 잠을 이룰 수가 없다.

휴가 나가서 먹을 것과 할 것, 살 것을 미리 잔뜩 써놓고 기다리는 마음이란……

군대 가서 첫 휴가 나가는 마음을 군대 문턱도 가보지 않은 나는 이해한다.

비행기 표를 일주일 전에 받아 들면 그때부터 하루하루가 얼마나 길고 지루한지. 군대시계와 현장시계는 거꾸로 걸어 놓아도 돌아간다지만, 하루가 1년처럼, 1분이 한 시간처럼 느껴지는 마음은 어쩔 수 없다.

어서 빨리 가족과 친구들을 만나고 싶은 마음에 정말 내일이라도 떠나고 싶은 마음이 간절하다.

D-Day를 달력에 써놓고 매일 체크해 가며 설레는 마음을 달

래 보지만, 그래도 시간은 더디다.

그리고 막상 도착하면 그 15일이 얼마나 빨리 지나가는지……

하루 이틀은 시차 적응하느라 잠만 자고, 막상 휴가 나가면 친구들이나 가족들은 평상시와 같이 출근을 해야 하므로, 잘해야 주말 2번을 함께할 수 있다.

얼마나 기다리던 휴가던가……

그 동안 짧은 휴가로 호주까지 가기 아까워 2년 동안 한 번도 집에 가지 못했던 나에게 휴가 며칠 전은 마치 시계가 멈춘 것처럼 힘든 날들이었다.

드디어 14시간을 날아 시드니 공항에 도착하려는 순간, 안개가 너무 심해 다시 4시간을 퀸즈랜드Queensland까지 가야만 했다. 안개가 걷히고 시드니 공항으로 다시 돌아가는 시간이 4시간. 합 22시간을 비행기 안에서 보낸 후에야 난 그렇게도 그리던 고향의 공기를 마실 수 있었다.

공항에 도착해 마중 나온 동생을 붙잡고 얼마나, 심장이 터질 만큼 끌어안았는지. 집으로 가는 길은 또 얼마나 멀던지.

익숙한 도로에 접어든 순간부터 내 심장은 뛰기 시작했고, 문을 열고 나를 안아 주는 엄마 품에 마냥 안겨 있고 싶었다.

엄마 냄새. 잊을 수 없는 우리 엄마 품.

휴가 15일 동안, 마치 굶주렸던 아이처럼 엄마가 해준 음식을 먹고 또 먹고, 엄마 품에 안겨 자고 또 자고……

엄마는 내 머리를 쓰다듬고, 얼굴을 만지고… 차마 눈을 뜰 수 없었다. 눈물이 울컥 쏟아질까봐. 그리고 그 모습에 다시 돌아갈 수 없을까봐.

그리고 돌아오던 날, 나는 다시 6개월 후의 휴가 계획을 세웠다. 공항으로 나를 보내며 울던 엄마와 함께할 다음 휴가를.

D-180일.

나를 슬프게 하는 것들

"나야…"

3주 만에 들려오는 꿈에서도 익숙한 한마디.

휴가 때 다시 만난 그 아이는 이미 내가 알고, 사랑하고, 결혼을 약속했던 그 아이가 아니었다. 보고 싶다며 매일 밤마다 전화해서 내가 잠들 때까지 핸드폰을 붙잡고 있던, 너무 환하게 웃어 주던 그 아이는 없었다.

대신 넘쳐나게 길어버린 머리와 우울한 표정의, 나에게는 익숙하지 않은, 미소 짓는 것까지 어색한 그런 사람이 앉아 있었다.

시간이 이렇게 우릴 만들어 버린 것인지, 아니면 내가 그 아이를 그렇게 만들어 버린 것인지, 붙잡고 싶지만 이미 너무 늦어버렸다는 것을 그 아이의 얼굴을 보며 알 수 있었다.

정말 인정하기 싫었지만, 마지막으로, 어차피 예상되는 대답이지만 그에게 물었다.

"다시 시작할 수 있겠니? 아니면 그냥 여기서 포기할까?"

아무 말도 없이 내 얼굴을 바라보던 그 아이의 침묵이 모든 것을 말해 주고 있었다.

그렇게 우리는 헤어졌다.

사막에서, 지옥(?)에서 그나마 서로를 만난 것이 축복이자 운명이라고 굳게 믿던 우리의 인연은 침묵 속으로 사라졌다.

하지만 그 후에도 술에 잔뜩 취해 그 아이를 부르면 그는 아무 말 없이 나왔고, 복귀 하루 전 다시 만나 손을 잡고 걸으며 저녁을 먹었다.

어떻게든 마지막으로 추억을 만들고 싶었던 것일까? 나의 그 미련한 미련이 다시 현장에 복귀하여 3주 내내 나를 힘들게 하였다.

낮에는 현장에서 미친 듯이 웃고, 크게 떠들고, 밤에는 숙소에 들어가 몰래 술에 취해 잠들던 나였다. 어떻게 해서든 그 아이를 잊고 싶었다. 다 지워 버리고 싶었다.

그런데 밤 10시에 울렸다. 내 핸드폰이. 무심코 받은 핸드폰에서 그 아이의 목소리가 들려 왔다.

"나야…"라며.

무슨 말을 해야 하나. 무슨 말을 할 수 있나.

그리고 다시 2주가 흘러가고 있다.

마음이 약해져 다시 그 아이를 찾을까봐 술도 안 마시고, 전화

번호도 지웠다.

그 아이의 흔적을 지우려고 난 너무 힘들게 노력하고 있는데, 어디를 봐도 그 아이의 흔적뿐이다.

같이 거닐던 현장에도, 숨어 데이트하던 쇼핑 몰에도, 주말에 두바이로 가는 고속도로에도, 점심을 먹으러 간 식당에도, 옷을 사러 간 쇼핑센터에도… 눈을 돌리는 곳마다 그 아이의 흔적이 있다.

그것이 나를 미치게 한다. 하늘에도, 땅에도, 내 마음속에도, 내 머릿속에도.

소리 내어 울지도 못하는 나다.

어둠에 숨어 버스 안에서 이를 악물고 숨죽여 우는 나다.

혹 방안에 내 소리가 울릴까봐 화장실에 들어가 수건에 얼굴을 묻고 우는 나다.

혹 우습게 보일까봐, 혹 약한 모습 보일까봐, 터져 나오는 울음을 참고 또 참는 바보 같은 나다.

가슴에서 새어 나오는 눈물을 다시 가슴에 주워 담는 어쩔 수 없는 내 모습이다.

쉬는 날

목요일 저녁은 특식이다.

일주일에 한 번 고기와 술을 실컷 먹고 마실 수 있는 날이다. 외국에서 자란 나는 매일 두 끼씩 먹어야 하는 한식이 입에 맞지 않아 여간 고역이 아니다. 한국 사람이 매일 피자와 햄버거로 때우고 사는 형국이랄까. 이렇게 설명하면 다들 안쓰러워한다. 그래서 나는 일주일에 한 번 양갈비lamb chop, 오리고기, 삼겹살이 돌아가며 나오는 목요일을 손꼽아 기다린다.

난 고기, 부장님들은 술.

한바탕 시끄럽게 떠들고 마시다 보면 다음날 당직을 서야 하는 사람 빠지고, 술 못 마시는 사람 빠지고, 금요일마다 새벽부터 골프 치러 나가는 사람 빠지고, 이러다 보면 항상 남는 사람들 중에는 방 부장님, 김용훈 과장님, 김종련 부장님, 그리고 내가 있다.

이렇게 술이 오르면 누군가는 2차를 가자고 우긴다. 어차피 갈 곳도 없는데 말이다.

한국식으로는 술이 좀 오르면 노래방을 가는 것이 당연한 다음 코스인데, 아부다비에는 노래방이 없기에 두바이까지 1시간 반을 가야 한다.

그리고 목요일 밤, 예약 없이는 당연히 두바이에 있는 노래방에도 빈방은 없다.

그래도 우긴다. 두바이로 가야 한다고.

그래서 곤히 자는 운전기사를 깨워 "두바이로!"라고 우리는 소리친다. 매주 하는 소리이기에 운전기사는 아무 말도 안하고 차에 시동을 건다.

우리는 술에 취해 차에 올라 차가 움직이는 동안 등을 기대고 노래를 부르며, 다시 즐거운 술자리를 할 상상을 한다.

당연 이것은 상상으로 끝난다.

서당개 3년이면 뭐라 했던가. 건설회사 운전기사 1년이면 이제 눈치는 한국 사람만큼이나 빠른 현지인 운전기사들이다.

술을 많이 마시지 못해서 조금은 덜 취한 내가 보고 있으면, 운전기사는 두바이로 향하지 않고 숙소 주변을 빙빙 돌고 있다.

술 취한 직원들은 두바이로 가는 줄 알고 있지만, 사실 우리는 숙소 근처에서 계속 돌고 있는 것이다.

좀 돌고 있다 보면 누군가 얘기한다.

"우리 예약했냐?"

"안 했지. 가면 빈방 하나는 있지 않겠어? 근데 지금 몇 시냐? 거기 2시면 문 닫는데……"

"지금 12시니까 도착하면 1시 반… 별로 못 놀겠는데……"

"안 되겠다. 그냥 다음 주에 가자. 어이! 드라이버, 빌라. 고 백 투 빌라."

매번 반복되는 우리들의 변덕에 기사는 주변을 돌던 차를 몰고 10분 만에 숙소에 도착한다. 정말 두바이로 출발했다면 유턴U-turn이 없는 고속도로를 탔을 테니, 돌아가고 싶어도 두바이까지 가서 돌아와야 한다. 하지만 차가 단 10분 만에 숙소에 도착했다는 사실도 인지하지 못한 채, 우리는 다시 누군가의 방에 모여 2차를 한다.

이렇게 반복되는, 매일 생활하는 숙소의 목요일 특식이 왜 그리도 기다려지는지……

하지만 진정으로 우리가 기다리는 것은 술과 고기가 아닌, 술을 핑계로 마음속에 담아 두었던 외로움과 현장의 고달픔을 큰소리로 날려 버릴 수 있는, 일주일에 단 하루뿐인 그 순간을 기다리는 것이 아니었을까?

금요일이 유일하게 쉬는 날인 우리는 배차 받은 사람의 스케줄을 미리 파악해야 한다.

그리고 같이 갈 인원을 파악하고, 출발 시간을 정하고… 아침부터 선 보러 가는 청춘남녀처럼 우리는 제법 광을 내고 민간인 차림으로 숙소를 탈출한다.

우리가 가는 곳이라고 해 봤자, 오전에 골프 연습, 오후에 점심 먹고 쇼핑이지만……

중동은 현지인들이 하루를 늦게 시작하기 때문에 모든 쇼핑몰이 주말 오후 2시 이후에 문을 연다.

이런 패턴이 바뀌는 경우는, 모험을 좋아하는 박 차장님과 하루도 숙소에서 쉬면서 뒹굴지 못하는 김 부장님이 스케줄을 짤 때다.

멀리 알 아인Al Ain 사막으로 간다든지, 무조건 차를 몰고 서쪽, 북쪽으로 향한다든지, 하다못해 쇼핑을 가더라도 두바이로……

한 번은 목요일에 술을 과하게 마시고, 유일하게 쉴 수 있는 금요일에 늦잠을 자기 위한 모든 준비를 하고 알람도 꺼놓았는데, 새벽(?)부터 전화가 울렸다.

눈도 뜨지도 못하고 손을 뻗어 전화를 받았다.

"음..여..보..세…음냐, 음냐…"

"야, 너 아직도 자냐? 야, 일어나! 나가야지!"

이건 또 무슨 새벽부터 봉창 뚜드리는 소리.

"아, 지영아, 아직도 자냐? 이 대리! 줄리아나! 나가자. 오늘은

배 타러 가자."

배는 무슨, 날씨도 더운데 그냥 숙소에서 에어컨 바람 쐬며 TV나 보면 좋겠구만.

"아, 부장님, 지금 몇 시에요?... 9시..요? 뭐야?! 아직 새벽이잖아요~ 저 어제 술 많이 마셨잖아요. 다음 주에 가면 안 될까요? 피곤해~~!!!!"

"숙소에 있으면 뭐하냐? 빨리 일어나서 준비해. 내가 특별히 한 시간 기다려준다. 빨리 나와. 10시에 출발한다! 방에 가서 문 두드려 깨우기 전에 빨랑 일어나!"

"몰라요. 난 아무것도 안 들었어요. 안 들려요. 더 잘 거예요."

전화기를 끊고 다시 꿈나라로 돌아가려 했는데, 이런 젠장. 통화하는 동안 잠이 다 깨 버렸다. 휴~ 그래, 일어난다, 일어나.

일주일에 한 번 내 자신에게 휴가를 주는 마음으로 머리를 내리고, 드라이도 해주고, 옷장에서 우울증에 걸린 청바지와 홍콩에서 산 티셔츠를 입고, 언제 신었는지 기억도 나지 않는 하이힐을 신고 방을 나섰다.

벌써 시동을 켜놓고 기다리고 있는 부장님, 차를 몰고 숙소들을 돌며 나머지 직원들을 태우고 우리는 두바이로 향했다.

가는 길에 야스 아일랜드Yas Island에 들러 F1 경기를 볼 수 있는 페라리Ferrari 테마 파크 앞에서 사진 한 방 찍고… 아부다비에 온 지 1년이 넘었건만 아직도 우리는 어딜 가나 여행자

F1 경기를 볼 수 있는 페라리 테마 파크.

행세다.

두바이 도착. 우선 바다로~

인공섬인 팜 쥬메리아Palm Jumeriah에 도착하여 나를 제외한 – 난 수영을 못하는 유일한 호주 사람이다 – 다른 사람들은 수영을 즐겼다. 무더운 날씨 때문에 두바이 해변의 물은 여름에는 거의 온탕 수준이다.

한 시간 정도 수영을 즐긴 우리 일행은 데이라Deira 선착장 쪽에 차를 세우고 땀을 뻘뻘 흘리며 배를 타는 곳으로 향했다.

한 번 타는데 이 동네 돈으로 1디르함.

4명이 줄줄이 앉아 여기저기 돌아보며 10분 뒤에 도착한 곳은

버 두바이 숙Bur Dubai Souk, 일종의 벼룩시장 같은 곳이다.

이곳에는 세계 여러 나라에서 사람들이 걷기가 힘들 정도로 모여든다. 각종 이불부터 스카프, 선글라스, 옷, 시계, 모든 잡동사니가 다 모여 있다. 여기저기서 흥정하는 소리와 지나갈 때마다 "스미마셍, 안녕하세요…"라고 소리치며 호객 행위를 한다.

솔직히 별로 살 것은 없지만, 그래도 구경거리로는 괜찮은 편이다.

다행이 돌아올 때는 주차한 곳 가까이에 내려주어서 더 이상 땀은 안 흘리고 다음 장소로 행했다. 그리고 점심 식사.

점심은 한식을 먹는 걸로 결정났다. 솔직히 나는 일주일 내내 먹는 한식을 왜 주말에도 먹으려 하는지 잘 이해가 되지 않았지만… 새로 열었다는 한국 식당에 가서 떡볶이와 해물탕, 소주 한 병 - 여기서 소주는 병이 아니라 주전자에 담아주니 한 주전자(?) - 파전 등등.

오랜만에 들떠서 먹는 점심이라 그런지 즐겁게 먹을 수 있었다.

다음 장소는 두바이 몰Mall. 2006년 내가 두바이 지사장으로 있을 때는 에미레이츠 몰Emirates Mall이 가장 컸는데, 이제는 두바이 몰이 대표적인 쇼핑몰이 되었다.

김 부장님이 휴가 일주일 전이었는데, 사모님이 명품 지갑을 사오라는 주문과 함께 불러준 아이템 넘버Item number를 가지고 우리는 명품 코너로 구경을 갔다.

주문한 지갑은 구찌. Item Number를 알려주니 물건을 가지고 나왔는데, 가격을 본 우리 부장님,

"그냥 나가자."

"아, 왜 또 이러셔요. 얼만데?"

(난 이전부터 힘들게 아이들을 키우고 있는 불쌍한 와이프들을 위하여 명품의 도시에 온 기념으로 선물 하나씩은 꼭 사가라고 상사들에게 권유 아닌 강요를 하고 있었다. 대부분의 한국 여자들은 돈으로 주면 생활비로, 아이들 학원비로 다 써버리고, 결국 자신을 위해서는 제대로 된 옷 한 벌 사지 못한다는 것을 알고 있었기 때문이다.)

"안 되겠다. 야! 무슨 지갑이 100만 원이나 하냐? 미쳤지. 이런 거 여자들이 정말 좋아해? 무슨 금으로 만든 지갑이야? 내 월급으로는 안 되겠다. 그냥 가자. 그냥 아무 지갑이나 하나 사다 주지 뭐."

다시 한 번 느낄 수밖에 없었다. 건설회사 남자들의 쫀쫀함!

"생각 좀 해보세요. 부장님이 술 한 번 마시면 얼만데, 그리고 일 년에 한 번만 마시나요? 지금까지 부장님이 일 년에 마신 술값도 안 돼요. 그리고 명품은 투자예요. 아니, 사모님이 무슨 명품 콜렉션collection을 원하는 것도 아니고, 해봤자 하나

사달라는데… 와, 대기업 부장 정도에, 그 연봉에, 명품 도시 두바이까지 와서 첫 휴가 나가면서 이런 거 하나 안 사가지고 가면 섭하죠. 이거 하나 눈 딱 감고 사다 줘봐요. 제 말 들어요. 아마 몇 년이 행복할 거예요."

"나 안 행복해도 되니까, 그냥 가자. 여자들은 무슨 통이 그리도 크냐? 100만 원짜리 지갑이라니. 그리고 술은 배로 가는 거니까 써도 괜찮아." 하시며 나가는 걸 다시 잡았다.

"무슨 남자가 이리도 쫀쫀해요~ 제 말 들으세요. 명품은 하나 사면 평생 쓰는 거고, 나중에 딸한테까지 물려 줘도 되는 거예요."라며 다시 설득을 시작했다.

결국 나의 설득이 아닌 박 차장님의 한마디가 부장님의 마음을 돌렸다.

"우리 마누라는 내가 2개 사줬는데……"

박 차장님이? 아니 명품의 '명'자도 모를 것 같은 분이, 놀러갈 때도 맨날 만 원짜리 티셔츠에 슬리퍼 신고 나오는 분이, 그 저질 영어의 장본인이… 허걱!!

박 차장님조차 사줬다는 말에 김 부장님, 바로 그 자리에서 결제하였다.

물론 월급 통장 카드로 결제하긴 했지만……

(루이비통 가방이 하나 가지고 싶어 매장을 왔다 갔다 한 지 1년째. 도저히 내 피땀 흘린 돈으로 150만 원이 넘는 가방을 사지 못하

고 매장에 들릴 때마다 눈도장만 찍고 오는 나였다. 이 현장 끝나는
날, 복귀하는 날, 나를 위해 명품 하나쯤은 꼭 사야지, 하며 다짐하
는 나다.)

저녁으로는 우리의 단골 메뉴, 양갈비.

중동에서의 명품 음식, 꼭 한 번은 먹어봐야 하는 양고기. 아
브 샤크라Abu Shakra 레스토랑, 아부다비에 와서 무조건 한 번
은 들려야 하는 맛집.

그리고 가격 역시 몹시 착하다. 4명이 배 터지게 먹어도 10만
원이면 충분하다.

양고기 파는 식당은 많지만 잘하는 곳에 가야 고기가 질기지
않고 맛있다.

양고기에 함께 나오는 걸레 빵. 이것은 항상 방금 구운 것으
로, 공갈빵이라고도 하는데, 오븐에서 바로 나온 빵은 속은 비
어 있으며 둥글고 크게 부풀어져 있다. 여기에 병아리콩으로
만든 호머스Hommos와 갈릭Garlic소스를 바르고, 타볼리tabouli
라는 샐러드와 양고기를 걸레에 올려 먹으면 최고의 맛을 느
낄 수 있다. 가끔 양고기가 늦게 나오면 빵으로 배를 채울 수
있을 만큼 맛있다.

단, 그냥 샐러드를 달라고 하면 우리가 일반적으로 생각하는
샐러드가 아닌, 채소를 통째로 주기 때문에 이것은 알고 있어

야 한다. 가끔 운이 좋으면 호박만한 토마토가 나오기도 한다.

다들 배가 터질 만큼 먹고 나오니 이미 밤이다.

아부다비 시내 숙소에 두 사람을 내려 주고 우리는 칼리파 Khalifa 군부대로 향했다.

우리 숙소는 시내에서 차로 30분 정도.

도착하니 9시, 대충 씻고 옥상에서 맥주 한잔.

아직은 시원한 바람이 불어 맥주 마시기에는 최상의 날씨다.

한 달 후에는 불가능한 일이겠지만.

"이 대리, 여자들은 다 명품 좋아하냐?"라며 뜬금없이 물어본다.

"당연하죠. 여자랑 15년이 넘게 사시고도 모르겠어요?"

"그럼 너도 명품 좋아하냐?"

"그럼, 전 여자 아니에요? 단지 난 내가 버는 돈이기에 이 개고생(?) 하며 번 돈으로 차마 사지 못할 뿐이죠. 내 피와 땀이 섞인 돈인데… 예전에 모 상무님이 사우디 가서 자신이 남창처럼 느껴지셨다는 말이 이해가 돼요. 얼마나 값진 월급인데요. 정말 가치 있는 돈으로 나에게 모든 것이 되어 주는 사람에게 선물할 수 있다면, 그건 축복인 거죠."

정말 그렇다.

우리는 몸을 팔아 외화를 번다. 70~80년대 사우디로 나갔던 선배님들도 그랬고, 지금 우리도 그렇다. 매일 현장의 모래와 먼지와 사투를 하며 버는 돈이니 명분 있게, 가치 있게 쓰고 싶다. 이 세상 어떤 돈이 더 가치 있고, 덜 가치 있겠냐만, 책상 앞에서 펜 돌리며 억대를 벌던 나에게 몸으로 버는 이 돈은 액수는 비교도 안 되게 적지만, 더 가치 있는 돈이다.

다음 주에도 난 두바이 몰에 가서 루이비통 매장을 들릴 것이다.

그리고 이 현장이 끝날 때 나에게 감사하는 마음으로 그 가방을 사 들고 엄마에게 갈 것이다.

이렇게 강하게, 이렇게 건강하게 낳아 주고 키워 주셔서 감사하다고.

그리고 사랑한다고.

아부다비 시청

우리가 공구리를 칠 때마다 승인을 받아야 하는 곳이 바로 아부다비 시당국Abu Dhabi Municipality, ADM이다. 시청 같은 곳인데, 여기에 콘크리트 타설 작업 신청을 하고 감독관Inspector에게 승인을 받아야 공구리를 칠 수 있다. 여기에서 승인을 받는 일이 나의 가장 중요한 넘버 원number 1 임무다. 승인을 받지 못하면 현장에서 가장 중요한 콘크리트를 칠 수 없기 때문이다.

문제는, 여기는 정부 기관이며 여기서 일하는 이들은 공무원이라는 점이다. 근무 시간은 일요일~목요일 오전까지인데, 주중에도 오후 2:30~3:00경이면 이미 집에 가는 사람도 있고, 출근 시간과 퇴근 시간 역시 자기들 마음대로 하는 것이 다반사다.

현장을 아는 사람들은 알겠지만, 현장에서의 공구리는 멈출 수 없는 일이다.

그래서 1년 내내 날씨 걱정하는 사람은 현장 소장이라고 한다. 비가 너무 많이 와도, 비가 아예 안 와도, 바람이 너무 많이 불어도, 너무 더워도, 너무 추워도, 현장에는 영향이 가기 때문이다.

현재 당국 감독관ADM inspector은 총 6명이다. 이 중에 누가 나올지 알 수 없기에 나의 영업 관리(?) 대상은 총 6명이다. 처음에는 1명이었다. 때문에 1명만 집중적으로 공략하면 되었는데, 어느 정도 되었다 싶으니 절차를 바꾸어 6명이 돌아가면서 현장 점검을 나오기 시작했다.

나의 1년 노력과 성과가 한순간에 무너지는 사건이었다.

하지만 어쩌겠나? 다시 처음부터 시작하는 수밖에.

첫날부터 순탄하지 않았다.

그 전에는 사진만 들고 가도 현장에 나오지 않고 승인을 해 주었건만, 갑자기 모르는 감독관이 나와서 여기저기 쑤시고 다니며, 일이 끝나지 않았다고 가버리는 것이 아닌가.

그 이후로 나는 일이 끝나지 않으면 검사inspection 신청을 하지 말라고 공구장님들에게 좋은 말로 부탁을 했건만, 현장을 아는 사람이라면 내 말을 아예 들은 척도 안 했을 것이라는 것은 자명했다.

그렇다. 그렇게 얘기를 했건만, 그동안 너무 편했는지 감독관이 나온다고 해도 도면 준비는커녕 담당자가 없는 경우도 있었다. 거기에 일까지 끝내지 않고 불렀으니, 그 이후로 우리는

아부다비 전경.

관리 대상이 되었고, 힘든 나날의 연속이었다.

중동 사람들의 마음을 사는 것은 그다지 힘들지 않다. 몇 번의 믿음만 보여 주면 그 다음부터는 쉽기 때문이다. 하지만 내 말을 도무지 들어 먹지 않는 공구장님들 덕분에 한 번에 끝낼 일을 한 달이 넘게 감독관들을 달래며 현장과 시당국ADM을 뛰어다녀야 했다.

그 사이에 안전모도 한 번 벗어 던지고……

감독관 중에 특히 나를 예뻐하는 분이 있는데, 난 그냥 할아버지라고 부른다.

현장에 나올 때마다 나를 찾곤 하신다. 때문에 할아버지가 나오면 그날은 당연히 승인, 공구리치는 날이다.

이 분과 친해진 계기는 아주 간단하다. 이 분이 절실한 무슬림 Muslim이라는 것을 알았기 때문이다. 모든 시 감독관들이 무슬림이긴 하지만, 이 할아버지는 현장에 나왔을 때 라마단이 아닌 보통 때도 금식을 하였기에 그렇게 확신(?)하였다. 금식은 이슬람교에서 중요시하는 의식이긴 하지만, 보통 때는 근무를 하기 때문에 감독관들이 더운 여름에 현장을 검사하면서 물 한 모금 안 마신다는 것은 무척 힘든 일이다.

이를 알고 난 후부터 나는 할아버지에게 알라를 믿는 무슬림들의 종교에 대해 올 때마다 물어 보곤 한다.

내 종교는 천주교지만 무슬림과 같은 하나의 하느님God/Allah 을 믿고 있기에 나는 평소에도 무슬림에 대한 관심이 많았다. 무슬림은 단지 신에 대한 믿음뿐만이 아니라 우리가 살아가는 방법을 알려 주고 있다. 그 믿음의 바탕에는 '이슬람의 다섯 기둥5 Pillars of Islam'이 있다. 믿음, 기도, 단식, 자선, 순례, 이 5가지 의무다.

① 샤하드(Shahad, 믿음의 신앙고백): 하나님 알라 이외에 다른 신은 없으며, 무함마드는 알라의 단 하나의 예언자라는 선언 이다.

② 살라(Salah, 경배의 기도): 하루에 다섯 번 몸을 머리에서 발 끝까지 정결하게 씻고 알라에 기도해야 한다. 여행을 하건 일 을 하는 중이건 일정한 시간이 되면 장소를 가리지 않고 예배 를 드려야 한다.

③ 자카트(Zakat, 자선의 의무): 무슬림들은 1년에 한 번 자신이 번 돈의 2.5%를 가난한 사람들에게 기부하여야 한다. 가난한 사람들을 제외한 모든 사람은 이를 지켜야 한다. 90그램 이상 의 금이나 이와 같은 금액의 현금을 가진 사람은 부자로 구분 되기 때문에 Zakat를 지켜야 한다.

④ 사움(Siyam, 금식): 라마단(이슬람력 9월) 한 달 동안 일출부 터 일몰까지 음식 및 음료의 섭취를 금지한다. 1년에 한 번

현장의 스태프. 왼쪽에서
3번째가 임란.

30일을 기본으로 하고 라마단 때 하지만, 꼭 그때만 할 수 있
는 것은 아니다. 감독관 할아버지처럼 아무 때나 자기 마음이
갈 때 할 수 있다.

⑤ 하지(Hajj, 메카 순례): 이슬람력 12월에 이루어지며, 경제
적·신체적으로 능력이 있는 무슬림이라면 모두가 일생에 한
번은 행해야 한다. 사우디아라비아에 있는 메카Mecca를 방문
하는 것이다. 아브라함Ibrahim이 지은 집인데, 알라의 성전이
라고 불린다. 아무나 방문할 수 있는 것은 아니다. 무슬림이
아닌 외부인이 메카를 방문하였을 경우, 이 사람을 사형에 처
하는 무서운 형벌이 따르기도 한다.

나에게 이 5가지를 알려 주며 코란Koran을 읽어 보라고 권유
해 주는 할아버지와 나는 검사 때만 되면 이에 대해 많은 토론
을 한다.

무슬림과 천주교의 차이와 이해, 우리는 이러한 토론을 통해 서로의 종교를 존중하며 배워 가고 있다.

나는 이를 종교의 기본이라고 생각한다.

내가 믿는 하느님의 가르침 중 첫 번째로 중요시하는 것이 바로 '사랑'이다. 사랑이란 이해와 믿음으로부터 오는 것이라고 나는 생각한다.

다르다고 알려 하지 않고, 이해하려 하지 않고 비난만 한다면 어찌 자신을 하느님의 가르침을 따르는 사람이라 할 수 있겠는가?

단순히 '입'만 가지고 또는 '돈'만 가지고는 내가 지금 살고 있는 이 나라와 이 사람들을 이해하고, 나아가 이들과 교류할 수 없다.

비즈니스는 마음이라고 나는 얘기한다.

사람의 마음을 얻기 위해서 나는 귀를 연다. 귀를 열고 그들의 말과 생각을 듣는다.

오늘도 나는 내 앞에 앉아 있는 나의 조수 임란Imran을 붙잡고 코란의 의미에 대해 시간이 날 때마다 귀찮게 질문한다. 다행히 자신들의 종교에 대해 알리고 싶어 하는 그들은 나에게 많은 정보를 친절히 가르쳐 주고, 나는 오늘 또 새로운 것을 배워 가고 있다.

내가 살아가는 이유

내 동생은 나에게 축복이자 부담이다.

이.지.현. 한자로는 '뜻 志'에 '어질 賢', 영어 이름은 세례명으로 '마리아'다.

예전에는 마리아라는 이름이 흔하다고 마리Marie로 바꾸겠다고 난리를 치더니, 귀찮은지 요즘은 조용하다.

키도 체력도 나보다 크고 좋다. 머리 또한 나보다 좋은 것 같고… 분명 같은 부모의 DNA를 받았는데, 어쩌다가 좋은 것은 모두 동생에게로, 안 좋은 것은 몽땅 나에게로 왔는지 모르겠다.

예를 들면, 엄마는 시력이 안 좋으시다. 그런데 엄마를 닮은 동생이지만 시력만은 아버지를 닮아 좋다. 반면 나는 양쪽 시력이 -7.0이다.

어머니는 키가 작으시고, 아버지는 크시다. 난 짧고, 동생은 나보다 길~다.

현이는 피부가 백옥처럼 하얗고, 난 촌스럽게 까무잡잡하다.

동생은 엄마 닮아 손이 예쁘고, 난 밖에서 노동하는 손 같다.

현이는 엄마를 닮아 얼굴이 계란형이고, 난 아버지를 닮아 깐깐하게 보이는 광대뼈가 큰 편이다. 그래서 첫인상도 동생은 좋다 하고, 난 까칠하게 보인다고 한다.

이 외에도 끝이 없지만, 우선 여기까지……

먼저 태어나 천상천하 유아독존으로 3년을 행복하게 살고 있던 나에게 동생이라는 새로운 존재는 그다지 반가운 현실이 아니었다.

나와는 다른 피부 색깔 – 엄마는 나를 임신했을 때 짜장면만 드셨다고 한다. 그래서 내가 까맣다고… 동생을 가졌을 때는 그렇게 과일이 땡기셨다고… 그래서 그런지 동생은 나와 달리 피부 색깔이 하얗다 – 과 동글동글한 얼굴 모양, 그리고 방실방실 하루 종

세 살즈음 동생과 함께.

일 웃으며, 울지도 않고 나를 바라보던 그 아이가 나는 싫었었나 보다.

난 태어나면서부터 몸이 약해 병원에서 보내는 날이 더 많던 아이였다. 자식 10명 중 막내로 태어난 우리 엄마 역시 몸이 허약하셨기 때문에 하루 종일 아파 징징대는 나를 돌보시면서 무척이나 고생을 하셨다.

그렇게 힘들게 나를 키우고 있는데, 둘째로 태어난 아이는 하루 종일 우유 한 병으로 행복해 하며, 항상 자기 양보다 더 먹고는 조용히 잠들곤 했다고 한다.

내 동생은 하늘이 내려준 선물 같았다고.

본능적으로 그런 분위기를 느꼈을까? 나는 그런 동생이 싫었다. 엄마 아빠의 사랑을 빼앗겼다는 생각에 동생을 괴롭히기 시작했다. 엄마가 보고 있지 않을 때 얼굴 위에 앉기, 자전거 뒤에 멀리 태우고 가서 버리고 오기, 길에 인형을 던져 놓고 가져오라고 하기 등등……

내가 7살 때, 그러니까 동생이 4살 때, 아버지가 사주신 내 보물 1호 자전거는 4살짜리 아이 눈에는 아주 큰 차 같았을 것이다. 언니가 그 자전거를 타고 여기저기 다니는 것이 부러웠던지 현이는 내가 자전거를 가지고 나올 때마다 내 뒤를 졸졸 따라오곤 했다.

기분이 날 때는 한 번씩 뒤에 태우고 다니곤 했는데, 하루는 동생을 버리고 와야겠다는 생각에 그 아이를 태우고, 내 생각으로는 아주 멀리 갔다고 생각했지만, 지금 생각해보면 길 건너쯤이었던 것 같다.

하여튼, 자전거를 태워 준다고 하니 크게 웃으며 내 뒤에 탄 동생을 데리고 무척이나 멀리 간 나는 그 아이를 내려 주며,

"언니가 이따가 데리러 올 테니, 여기서 기다려."

하고는 혼자서 돌아와 버렸다.

놀이터에서 아이들과 신나게 놀다 보니 점점 어두워 오고, 나는 슬슬 겁이 나기 시작했다.

'엄마, 아빠한테 혼날 텐데……'

순간 동생을 버린 죄로 혼날 생각을 하니 안 되겠다 싶어 아까 동생을 버리고 온 장소로 급히 자전거를 타고 달려갔다.

도착해보니 동생은 엄지손가락을 빨며 내가 내려놓은 그 자리에 앉아 두 눈을 크게 뜨고 나를 기다리고 있었다. 평소 같으면 잠을 잘 시간인데도 언니가 안 오니 혹시 잠이 들어 나를 보지 못할까봐 눈을 크게 뜨고 나를 기다린 것이다.

자기를 버리려 한 나쁜 언니인지도 모른 채, 언니가 탄 자전거가 자신을 향해 몇 시간 만에 달려오니 그 자리에서 일어나 크게 "언니~!!" 하며 웃으며 나를 향해 뛰어왔다.

언니가 사라진 그 몇 시간 동안 그 작은 아이는 얼마나 심심하고 지루했을까. 아니 겁나고 무서웠을지도 모른다. 생각해보

면 지금도 마음이 시리고 눈물이 난다.

그만큼 동생은 하나뿐인 언니를 따랐고, 뭐든 언니가 하는 행동은 다 따라 했을 만큼 나를 사랑해 주었다.

호주로 이민 와서는 일하시는 부모님 대신 우리는 서로에게 의지하였고, 말도 안 통하는 학교에서 외국 아이들에게 왕따를 당하며 함께 서로를 위로하였다.

나는 사춘기를 참 심하게 겪었다.

어려서부터 민감한 아이여서 그런지 사춘기 때는 정말 걷잡을 수 없을 만큼 심하게 삐뚤어 나갔다.

그 시간 동안 가족이라는 존재는 나에게 의미가 없었고, 하나뿐인 동생 또한 나에게 크게 기억이 없을 정도로 멀어졌다.

항상 같이 있던 언니가 언제부터인지 보이지 않고, 자기한테 관심조차 주지 않는 시간이 길어지자 현이는 자신만의 '친구'를 찾아 나섰다.

언니가 하는 것은 항상 따라 하던 그 아이. 그런데 그런 것까지 따라 할 줄은 정말 몰랐다. 내가 내 나름대로의 방황을 하던 그 순간, 현이도 어느새 같은 방황을 따라 하고 있었다.

결국 나를 제자리로 돌려놓은 것은 그 무엇도 아닌 동생의 홀로 선 외침 때문이었다.

부모님의 따뜻함 안에서 곱게 자란 아이가 외부의 나쁜 친구

내 소중한 동생 Maria Lee.

들에게 상처를 받고 있다는 것을 안 순간 모든 것이 변했다.

나의 방황은 끝이 났고, 난 동생에게 다시 언니가 되기 위해, 동생이 따라 할 수 있는 모범이 되기 위해 다시 학업에 열중했다. 나아가 동생이 입학한 대학교까지 따라 다닐 만큼 동생에게 언니에 대한 존재를 다시 인식시키기 시작했다.

언니를 따라 하던 동생은 일류 대학을 졸업하고 호주 금융 대기업에 입사하였으며, 이제는 감히 내가 따라갈 수 없을 만큼 당당히 성공한 커리어 우먼이 되어 있다.

현재 어린 나이임에도 홍콩에서 유명 은행 임원VP으로 있을 만큼, 이제 더 이상 언니의 자리가 필요하지 않을 정도로 자랑스럽게 성장해 주었다.

내가 세상 여기저기를 쏘다니고 있을 때 현이는 호주에서 부모님에게 자식 노릇을 다 하고 있었고, 이제는 필요할 때 조언을 구할 수 있는 친구이자 든든한 백이 되어 주고 있다.

동생이 처음으로 부모님 곁을 떠나 독립하여 홍콩에서 근무하겠다고 얘기했을 때, 나는 반대를 했다. 아직 나에게는 그때 내가 버린 그 장소에서 나를 기다리던 아이 같은데, 저 복잡한 세상에 나가 혹 다치지는 않을까, 길을 잃어버리지는 않을까, 밥은 제때 알아서 챙겨 먹을 수 있을까, 별별 걱정에, 그리고 내 욕심에 부모님 그늘 아래 평생 두고 싶었다.

하지만 "언니, 나도 이제 어른이 되고 싶어."라는 한마디에 나는 현이의 홍콩 근무를 지지하기 시작했고, 지금도 전화하면 항상 걱정되는 마음이지만, 언젠가는 혼자 날 수 있게 놔 줘야 한다는 사실을 알기에 서서히 그 아이를 내 품에서 떠나보내는 연습을 하고 있다.

처음으로 외국이라는 곳에 나가 맥도날드 빅맥을 둘이 – 현이는 윗부분, 나는 아랫부분을 – 나누어 먹던, 시드니 맨리 비치 Manly Beach에서 예쁘다고 둘이 하나씩 바닷가에서 들고 온 해파리Jelly Fish에 쏘여 함께 울던, 번개 치는 날 잠 안 자고 밤새 번개 구경을 하던, 엄마가 사고 나서 병원에 입원한 사실을 알고 둘이 손잡고 학교에서 나와 아버지와 함께 병원을 찾아가 울지도 못하고 손만 꼭 잡고 있던, 이 모든 기억이 나를 여기까지 오게 한 내 열정의 뿌리다.

이제 더 이상 현이는 언니처럼 쌍꺼풀이 없다고 성형을 하고 싶다는 말을 하지 않는다.
이제 더 이상 현이는 언니와 같은 실수를 반복하지 않는다.
이제 그 아이는 언니보다 더 높은 곳에서 언니를 바라보고 있다.
그런 동생에게 자랑스러운 언니가 되기 위해, 동생에게 부끄럽지 않은 언니가 되기 위해, 동생에게 짐이 되지 않는 언니가 되기 위해, 난 오늘도 하나뿐인 내 동생의 히어로가 되기 위하여 뛰고 또 뛴다.

최대의 위기

드디어 1년이 지났구나. 하루가 1년 같더니 그럼 이제 하루가 지난 것인가?

5월 12일 아부다비 도착.

핸드폰이 안 되는 걸 보니, 갱신renewal하라는 얘기를 하는 걸 보니, 1년이 지나긴 했구나.

처음 현장에 나왔을 때는 시선이 바닥이더니 이제 얼굴을 들어야 보이니, 정말 1년이 지나긴 했나 보다.

"돈 나왔냐?"

요즘 매일 관리팀에 전화해 물어 보는 것은 돈. 기성.

8개월째 기성이 안 나오고 있다. 주위 현장 담당자들에게 물어 보니 다 같은 상황.

먼저 받은 선수금Advance Payment이 이제 바닥을 보이고, 협력 업체들과 외국인 스태프global staff들이 수군거린다. 우리 현장을 제외한 같은 발주처의 현장들은 이미 감축slow down에 들어가 직원과 현장 근로자 50% 감소.

비상이다.

이미 수차례 받지 못한 기성에 대한 재촉 문서를 날렸으나, 준다, 준다 하며 아직까지 돈은 입금되지 않고.

부문장님이 왔다 가셨고, 상무님이 왔다 가셨고, 이제 이틀 후면 슬로 다운(감축)을 시작하겠다는 마지막 통보문서를 날렸지. 골조 공사 슬로 다운slow down, 마감 공사 중단이라고.

마감 공사는 돈이 없어 업체 선정도 하지 못했는데 중단은 무슨. 시작도 못한 것을 어찌 중단하냐?

속상하다. 우리 건축 부문의 첫 해외 공사, 나의 첫 현장, 이대로 끝인가?

나 아직 부어야 할 곗돈도 남았는데… 이번에는 잘 해서 조그만 오피스텔 살까 했더니……

이제 일 년이 지나 짐도 다 풀고, 냉장고도 하나 마련할까 했더니, 이런 젠장!!

이 사실을 안 직원들은 서로 먼저 가겠다고 난리다.

"나 먼저 가야 해, 우리 마누라가 아파."

"에이, 뻥 치시네. 난 우리 애가 아파."

"아휴, 그럼, 직급으로 가자. 내가 GM이니까 내가 먼저 가고……"

거기에서 나 발끈하지.

"그런 게 어딨어요? 안 돼요. 차라리 발령 받은 순서대로 가요.

먼저 온 사람이 가장 오래 있었으니 먼저 가야지. 그럼 난 공사

팀에서 세 번째네."

"그럼 난 첫 번째네. 좋아, 발령 받은 순서." 김용훈 과장님 웃고

계신다.

공사 부장님 나오시더니 말씀하신다.

"내가 대빵이니까, 먼저 간다."

우이씨… 말도 안 돼…

정말 이제 가야 하는 것인가?

1년 동안을 보내 달라고 지랄(?)을 해도 안 보내 주고, 이제 좀

현장에 적응되나 했더니, 이런 젠장……

운동으로 농구도 시작했는데……

날씨가 서서히 더워지고 있는 지금, 올해는 어떻게 버티나 했더

니 알아서 보내 준다는군.

근데 신나서 환호라도 해야 할 상황에서 난 왜 이리도 마음이 텅

빈 것 같은지 모르겠군.

아침마다 출근하면서 타야 하는 버스, 현장에 도착해 심부름하

는 아이가 타 온 커피 마시기, 북적이는 컨테이너 안에서 먼지를

마시며 하루 종일 사람들과 씨름하기, 저녁에 퇴근해서 한바탕

뛰는 농구와 샤워 후에 옥상에서 마시는 시원한 맥주 한잔.

설마 이런 것들이 그리울 거라는 건 아니지?

설마 이 먼지 구덩이가 진정 그리울 거라는 건 아니지?

설마 니가 정말 현장이 좋은 건 아니지?

보고 싶었는데.

땅 깊은 곳에서부터 올라와 하늘을 가릴 우리 현장의 5동.

찍고 싶었는데.

남자들 틈바구니 사이에서 첫 해외 현장의 유일한 여자로 찍을
준공 사진.

올리고 싶었는데.

준공 후에 나오는 회사 기술 책 속, 공사팀 사이에 적힌 내 이름.

얘기하고 싶었는데.

내가 처음 뛴 해외 현장이라고.

어수선하네.

외국인 스태프 애들도 눈치가 있는지 지들끼리 속닥속닥, 직원
들도 누가 가는지, 언제 가는지, 자신이 포함되는지 궁금해 하고.

쳇, 1년 만에 또 짐 싸야 하는군. 대체 이게 몇 번째야?

결혼이라도 했으면 돌아갈 집이라도 있겠는데, 이건… 호주로
돌아갈 생각이 아니라면 난 또 다시 집을 얻고, 침대와 TV를 또
사야 하고, 그 많은 짐을 또 풀어 정리를 해야 하고… 휴~ 생각
만 해도 아찔하다.

이래서 사람들은 결혼을 하는 거야. 좀 더 안정된 무언가가 필요하기 때문이지.

거봐. 또 너 혼자, 기다려 주는 사람도 없는 곳으로 또 너 혼자 가야 하잖아.

숙소 침대에 앉아 둘러보니, 1년 동안 뭔 놈의 짐이 이리도 많이 늘었는지. 떠날 때마다 버리고 또 버려도, 옮기는 곳마다 생기고 또 생기네.

내 마음도 그렇지만… 이번에도 또 마음의 짐, 가슴에 한 짐을 또 얹어 가는군. 버리지도 못할 거면서 뭐 하러 가슴에 묻어 두는지.

'그렇게 쌓이다 보면 병 된다.' 조용히 나를 타일러 봐도 이놈의 가슴은 왜 머릿속의 말은 죽어라 듣지 않는지.

이번만큼은 좀 버리고 가자. 이번만큼은.

지랄 같은 현장

'현장에서 유일한 여자'라는 것은 항상 누군가의 입방아에 오르내릴 수밖에 없는 존재다.

현장에서 여자는 약하게 보이면 우스워지고, 강하게 보이면 싸가지 없는 년이 되는 것이다.

현장도 사회의 일부분인 만큼 좋은 사람들도 있지만, 거지 같은 것들도 많다.

여자라서 우습게 보고, 여자라서 함부로 하는 사람들. 현실적으로 남자가 절대다수인 건설업계에서는 아마 당연한 일로 여길 것이다.(내가 모든 현장을 다 경험해보지 못했으니 단정은 못하겠다.)

같은 매니저 명함을 달고도, 같은 '대리'여도, 나와 남자 직원을 대하는 협력업체 직원들의 태도는 다르다.

하긴, 가끔 우리 회사 직원들마저 그럴 때가 있으니, 말해 무엇하랴.

대리 말년에 복사기 종이가 떨어져도 "이 대리!", 물이 없어도

"이 대리!", 자재 청구도 "이 대리!" 정말 가끔은 내가 현장에 Coordinator Manager로 왔는지, 비서로 왔는지 구분이 되지 않을 때가 많다.

참 어이가 없는 일이 한두 가지가 아니다.

아부다비 시당국의 승인을 받으려면 철근 작업이 70% 이상 끝나 있어야 한다. 원래 100%가 끝나야 검사를 요청할 수 있지만, 현장은 시간과의 싸움인지라, 난 70%에서 검사요청을 하고 승인을 미리 받아 공구리를 치곤 했다.

하루는 ADM 신청을 해 달라고 하여 현장에 올라가보니 철근 작업이 40%밖에 되지 않은 게 아닌가.

현장에서의 내 모습. 지금 보니 많이 어색하다.

"아니 소장님, 이건 아니지요. 아시잖아요. 철근 작업이 70% 이상은 되어야 검사할 수 있는 거. 오늘은 안 되겠네요."라고 얘기하니 협력업체 소장이 바로 직원들에게 소리쳤다.

"에이, 씨X년. 야! 오늘 공구리치지 말고, 작업도 하지 마! 아침부터 씨X년이 지랄이야!"

태어나서 처음으로 듣는 욕들이었다. 하루에도 몇 번이고 무슨 년, 무슨 년……

차량을 옮기라고 했더니 벽돌을 들고 죽이겠다고 사무실까지 쫓아온 협력업체 직원도 있었다. 감히 글로 옮길 수 없는 욕과 함께.

다리에 힘이 풀리고 정신이 멍해졌다.

이런 곳이 현장인가?!……

나중에 부장님들에게 왜 그런 욕하는 협력업체 직원들을 그냥 보고 놔뒀느냐고 따졌더니, "이 대리는 그런 말에 상처 안 받을 줄 알았어…"라며 미안해했다.

처음에, 여자는 왜 중동 현장에 안 내보내느냐고, 이건 성차별이다 뭐다 팀장님과 많은 얘기를 했지만, 결국 그들이 옳았다. 난 이겨냈지만 씻을 수 없는 상처를 받았고, 그 순간만큼은 너무 아팠다.

그래서 나는 다른 여성들에게 당당히 그 자리로 나가라는 말은 못하겠다. 내가 부모라면 더더욱 못할 것이다.

하지만 이런 일들을 겪으며 나는 조금 더 강해졌을 것이고, 다음 현장은 더 잘 할 수 있을 것 같다는 생각도 해보지만, 다시 그런 순간이 온다면 과연 난 아무렇지 않을 수 있을까?

모래바람을 넘어선 열정

여성이 중동에서 이보다 빛날 수 있을까?

10년이란 세월을 중동에서 보내며 때로는 현지의 뜨거운 모래바람과, 때로는 여성에 대한 편견과 싸워나가며 자신만의 꿈을 펼쳐간 멋진 여자 이지영.

그녀는 SK건설에서 근무할 당시 아부다비의 건설사업 현장에서 '발주처 커뮤니케이션'이라는 중책을 맡아, 대담하고 거침이 없으며, 영민한 전략과 커뮤니케이션으로 이해 관계자와의 의견을 조율하며 사업을 풀어나가곤 했다.

화통한 성격에 여성 특유의 섬세하고 배려 넘치는 모습으로 척박한 이국의 건설현장을 빛내주던 모습이 아직도 눈에 선하다.

사막에서 살아남기 위해서는 낙타를 다룰 줄 알아야 한다고 했던가?

그녀는 이미 척박한 사막에서 생존하는 법을 지혜롭게 깨우쳤으리라…

아마도 이 책에는 그녀의 그러한 지혜와 열정이 고스란히 담겨져 있지 않을까 싶다.

뜨거운 중동의 모래바람도 덮지 못한 그녀의 꿈과 열정에 진
심어린 응원의 박수를 보낸다.

-권혁수(SK건설 상무)

아프다!

사람들은 누구나 새로운 환경에 놓이면 몸이 아프다.

현장에 오는 거의 대부분의 직원들이 한 번씩 심하게 앓곤 한다.

물이 바뀌어 그러는지, 환경이, 음식이, 아니면 마음의 병인지는 모르겠지만, 누구나 한 번씩은 꼭 몸이 고장난다.

나 역시 그랬다.

아부다비 발령을 받고 나와서도 그랬고, 두바이에서도, 이라크에서도 그랬다.

처음 도착하여 한 달이 되기 전에 나보다 먼저 아픈 사람은 전기팀의 모 과장이었다.

시름시름 앓아서 처음에는 몸살인 줄 알았고, 병원에 가서도 몸살이라고 해서 감기약만 잔뜩 처방 받아 먹었는데, 좋아지기는커녕 얼굴은 사색이 되어 가고 있었다.

병원에 3차례 들려 검사하고 또 검사하고. 결국 뭔가 문제가 있다고, 식도에 무슨 문제가 있으니 입원하라고 했다.

그런데 입원은 했지만 정확한 병명을 알려 주지 않았고, 4일 만에 퇴원을 하였다.

과장님은 퇴원을 하는 즉시 밤 비행기로 집으로 보내졌고, 우리는 향수병인 줄로만 알았다.

결국 한국에 돌아가 병원에 입원해서 알게 된 병명은 '간염.' 그 단순한 병명을, 4일을 꼬박 입원시키고도 모른 여기 의사들. 그래서 아프면 병원에 가긴 가지만, 별로 믿진 않는다.

그렇다고 해서 여기 병원들이 이라크처럼 시설이나 의료 장비가 없거나 형편없는 것은 아니다.

한국이나 다른 선진국에 있을 만한 장비들은 다 있는데도 왜 그러한 일들이 일어나는지는 나도 잘 모르겠다.

발령을 받고 1년 동안 내가 씨름한 병(?)들이다.

몸살 – 몸살과 감기는 여기서 달고 산다. 에어컨을 24시간 가동하고, 더운 곳과 에어컨 바람 속을 계속 왔다 갔다 하니 몸에 무리가 갈 수밖에 없다. 몸살도 그냥 몸이 쑤시는 정도가 아니다. 침대에서 화장실까지 기어가야 할 정도이니……

담석 – '쓸개도 없는 년'(?)이 왜 담석이 생긴 지는 나도 모르겠다. 병원에서 그렇다고 하니 그렇구나 하지. 덕분에 담석을 빨리 빠지게 한다는 크랜베리cranberry 주스만 하루에 4통을 마시는 고통을 참아내야 했다. 결국 그 담석이란 것이 빠졌는지는 모르겠지만, 배에서 울리는 고통이 일주일 동안 나를 몹시도 힘들게 하였다. 담석은 중동의 물 상태가 좋지 않아 직원들이 자주 걸리는 병 중의 하나다. 그래서 간혹 이를 닦을 때 생수로 헹구는 직원들도 있다.

알레르기 – 나는 지금까지 살면서 그 어떤 알레르기도 없었던 사람이다. 음식도, 옷도, 약도… 그런데 몸살이 난 것 같아 현장에 있는 간호사에게 약 좀 달라고 했더니 무슨 약을 하나 줘서 먹었는데, 다음날 온몸과 얼굴에 빨간 반점spot이 나고, 얼굴이 3배나 부어올랐다. 병원에 가니 약으로 인한 알레르기라고 하였다. 덕분에(?) 지금도 얼굴에는 그때의 흔적이 조금 남아 있다. 교훈, 여기서는 아무 약이나 발라서도, 먹어서도 안 된다.

목 염좌sprain – 어느 겨울날 아침에 눈을 뜨고 일어났는데, 전날 아무렇지 않던 목이 움직여지지 않는 것이었다. 아무리 천천히 돌려 보아도, 손으로 문질러 보아도 통증이 나아지기는커녕 너무 아파 소리 치고 싶을 만큼 심해졌다. 목이 아프니 두통까지 함께 오고…, 그래서 파스를 붙였다. 스프레이도 뿌렸다. 5일을 꼬박 아파 눈물이 나올 지경이었다. 5일이 지나면서 고통은 서서히 줄었지만, 목에는 파스로 인해 살이 탄 흉터가 남았다. 목이 그 사이에 뜨거운 파스로 까맣게 타버린 것이다. 목이 아픈 고통에 살이 타 들어 가는 것도 몰랐던 것이다.

결국 그 타버린 살갗을 되돌리려 일주일 내내 약국의 웬만한 흉터 크림을 사그리 사다 발랐을 정도. 다행히 흉터는 점차 탄 살이 떨어져 나가며 희미해졌고, 나는 하늘에 감사했다. 목에 그 큰 흉터를 안고 살았으면 엄마가 얼마나 마음이 아팠을꼬. 장염 – 유난히 식탐이 심한 편인 나는 평생 동안 장염이라는 것은 들어본 적도 없다. 그런데 여기서 걸렸다. 갑자기 배가 아프기 시작하더니 장이 배배 꼬이는 것 같은 통증이 이어졌다. 밤에도 고통에 잠이 깨서 밤새 잠을 설치기도 했다. 그러면서 다가온 설사의 그림자. 먹는 것마다 바로. 하루에도 열두 번씩 현장의 그 지저분한 화장실을 달려가야 했고, 안 그래도 통증에 시달리던 몸이 설사로 더 힘들어졌다. 그러면서도 음식을 포기할 수 없었던 나의 음식 사랑. 먹고 XX를 반복하며 일주일을 꼬박 고생해야만 했다. 처음 발령 받은 직원들이 가장 쉽게 걸리는 병이니, 한국에서 소화제와 장염 약은 꼭 챙겨 오기 바란다.

새로 부임한 직원들은 으레 한 달 안에 누구나 한 번은 병원을 방문하게 되었고, 그나마 심각한 병으로 – 간염에 걸린 모 과장님을 제외하고 – 되돌아간 직원이 없었던 것이 다행이라 생각한다.
이토록 우리는 해외 현장이라는 곳에서, 현장이면 항상 존재하는 안전에 대한 위험과 언제 어떻게 아플지 모르는 몸으로 공사를 하고 있다.

아픈 것도 아픈 것이지만, 가족도 친구도 없이 혼자 아파야 한다는 것이 가장 서럽다.

몸이 아파도, 마음이 아파도, 우리는 홀로 견뎌야 하고 혼자 이겨내야 한다.

이것이 우리를 가장 아프게 하는 것이다. 여럿 사이에 혼자라는 거. 외롭다는 것.

저녁 식사를 배급 받는 줄에 서서 관리팀 신 과장님이 오늘도 물어 보신다.

"야, 이 대리! 너 설사 멈췄냐?"

공공의 적

어느 날 혜성처럼 나타난 공공의 적이 있었으니, 그의 이름은 테리 로저스Terry Rogers.

감리회사에서 고용한 그 무섭고, 까다롭다는 영.국.인.

조그마한 체격에 어쩌면 그리도 무섭고 빠른 스피드로 현장 구석구석의 결함을 찾아내는지.

"콘크리트 재료 분리, 정리 정돈, 청소, 안전 시설물, 보건 시설 다 엉망이라고."

'알지, 알아. 이 잡듯이 뒤집고 다니면 뭐가 안 나오겠니? 여긴 현장이라고, 현장!'

내 오피스텔 청소를 일주일에 한 번씩 해도 나도 모르게 새어 들어온 먼지와 미처 보지 못한 잡동사니들이 넘쳐 나는데, 하물며 현장에서야. 아무리 청소를 해도, 아무리 공구리를 잘 친다 해도, 하루에 천 명이 넘는 인원이 작업하는 현장이 얼마나 깨끗할 것이며, 콘크리트를 잘 받아 봐야 우리가 만든 것도 아닌데 슬럼프 손실slump loss이 잘못 나오는 것에 대해, 그래서 흠honeycomb이 조금 생기는 것에 대해 어쩌란 말인가?

우리쪽 현장 직원 20명에 외국인 스태프 30여 명, 합해서 50명 정도의 직원으로 천 명이 넘는 작업자들을 어떻게 다 챙기고 다니겠는가?

관리자가 없다고? 우리가 기계냐? 하루 종일 땡볕에서 작업자 땅 파는 거 보고 있게? 꼭 잠시 사무실 들어가 쉬고 있을 때 나와서 관리자 없다고 난리지… 아까 보고 있었잖아! 그때는 어디 있다가. 이~쒸!

말도 어찌나 빠른지, 나야 반 외국인이니 알아듣지만 우리 불쌍한 부장님들 어찌 알아들으라고……

아무리 당신 말을 듣지 않는다고 해 봤자, 맞아! 아무도 너의 말을 알아듣지 못해.

미안해, 근데 사실이야. 당신을 보면 다들 도망가는 것은 너의 말을 못 알아듣기 때문이야, 라고까지는 차마 얘기하지 못했지만.

시어머니와 감리는 절대 이길 수 없다고 한다.

맞는 말이다. 우리가 아무리 우겨도, 우리가 잘했다 한들, 감리가 한번 따지고 들어가면 우리는 약자일 수밖에 없다. 그래서 감리와는 싸우는 것보다, 친구가 되는 것이 빠르다.

뭐, 그것도 말이 쉽지. 술도 안 마시는, 말도 안 통하는 영국인

감리와 우리 부장님들이 무슨 수로 친구가 된단 말인가.

"테리 이혼했대."

"야, 너 같으면 같이 살 수 있겠냐? '음식은 이렇게 해서는 식중독에 걸릴 위험이 있어. 침대는 왜 그 자리에 배치했어? 그 자리는 문과 부딪치면 다칠 위험이 있어.' 맨날 이러구 와이프에게 스트레스 줬을 거 아냐?"

라며 우리는 테리가 올 때마다 뒤에 서서 한국말로 뒷담화를 깐다. 우리의 생존전략이랄까, 그나마 이렇게 몇 마디 험담(?)이라도 해야 스트레스를 덜 받는다.

결국 테리가 얘기한 모든 것에 대해 조치를 취해야 한다.

하루에도 몇 번씩 사진을 찍어 대고, 현장 지시Site Instruction를 날리는 테리를 볼 때마다, 그리고 정신없이 날아드는 현장 지시를 번역해 부장님들에게 배포할 때마다, 난 느낀다.

어차피 현장에서 뛸 거면 감리를 했어야 해, 라고.

감리와의 싸움은 현장이 끝이 날 때까지 멈추지 않는다. 그것은 그들의 일이기 때문이다.

이를 빨리 인식해야 한다. 현장에서 일에 대한 결함defect은 불가피한 면이 있다. 인간이 하는 일이기 때문이다.

하지만 이에 대한 변명을 늘어놓을 시간에 이를 어떻게 고치고 수정할 것인지를 먼저 파악하고 얘기해 줘야 한다.

이들이 원하는 것은 완벽한 일 처리가 아니다. 경험상 현장에서 완벽한 일이란 있을 수 없다. 하지만 같은 실수를 반복하기보다는 미리 방지하려는 노력과 이미 생긴 일에 대한 깔끔한 일 처리를 이들에게 보여주는 것이 중요하다.

관심을 가져줘야 한다. 그들이 하는 얘기에 귀를 열고, 못 알아듣는 말이라도 호응을 해줘야 한다. 하지만 모든 일을 지시대로 하는 것은 아니다. ― 지시하는 대로 다 따르다보면 준공 시간 내에 일을 끝낼 수 없다. ― 할 수 있는 것에 대해 의지를 보이고, 부당한 지시에 대해서는 방안을 이끌어 내는 것이 중요하다.

공공에 적에게는 정면의 도전보다는 달래는 것이 현명하다. 그래야 머리가 덜 빠진다.

내가 처음 입사하여 콘크리트의 "콘"도 모를 때, 그리고 난 분명 해외 영업팀에 지원했는데, 엔지니어도 아닌 내가 "해외 건축 사업팀"으로 발령 받아 혼란스러워할 때, 발령 받은 팀의 사수였던 이 부장님은 경력이라고 받았는데 아무것도 모르는 여자 직원이 들어와서 열 받아 하실 때, 나에게 주어진 일은 끝없는 번역과 해외에 있는 회사들에 전화해서 견적을 받는 일이 전부였다.

정말 너무 답답하고 혼란스러워 사표를 써야 하나 고민도 했지만, 입사한 지 한 달 만에 해보지도 않고 그만두는 것은 아니라고 판단했다. 그래서 나는 "건축"이라는 것에 대해 배우기 위해 서점으로 달려가 "건축"이라고 쓰인 책 중 가장 그림이 많은 것으로 8권을 사서 공부를 시작하려 했으나, 내 한국어 실력은 건축을 글로 배우기에는 턱없이 부족하다는 것을 알게 되었다. 그렇다면……

고민 끝에 난 내가 가진 지식을 활용해 보기로 했다. 본부 게시판에 건축을 배우고 싶다고, 대신 영어를 가르쳐 주겠다고 올렸다.

그런데 그날 오후에 건축기획팀 부장님이 급하게 나를 찾으셨다.

"이 대리!!! 너 혹시 게시판에 글 올렸냐?"

"네, 건축에 대해 가르쳐 주면 영어 가르쳐 주겠다고 올렸는데요."

"야, 글부터 당장 내려야겠다. 팀장님이 니 글을 보고 뒤집어졌다."

"왜요?"

"그냥 그런 줄 알아. 빨리 글부터 내려!"

도저히 내가 무슨 잘못을 했는지 이해가 가지 않았다. 난 건축팀의 일원으로서 좀 더 공부를 하고 싶었던 것인데 무엇을 잘못했다는 말인가?…

"제가 도대체 뭘 잘못한 건가요?"라고 팀의 친한 부장님께 물

었다.

"니가 잘못한 거는 없지… 없는데… 원래 조직이란 게 그래… (이 말은 내가 한국의 "조직"에 적응하기까지 수도 없이 들어야 했던 말이다.) 니가 건축부문의 직원으로서 건축에 대해 몰라서 배우고 싶다고 게시판에 올려서 문제가 된 거야."

그래도 이해가 가지 않았다. 건축부문에 건축 출신이 아닌 직원은 나밖에 없는가? 그렇다면 나를 왜 경력직으로 뽑았단 말인가? 내 이력서에는 분명 나에 대해 모든 것이 적혀 있고, 난 분명 면접을 통해 내가 할 수 있는 것과 할 수 없는 것에 대해 분명히 얘기한 것 같은데… 뭐가 잘못된 것일까?

발주처 사람들. 왼쪽 Elwood와 Al Reem PM, Michael Tan. 나에게 타워 크레인에 관해 많은 것을 알려준 친구들이다.

이때만 해도 난 그들이 얘기하던 한국 조직 사회에 대해 전혀 이해를 하지 못했다. 하지만 반외국인인 나에게 아무 설명도 없었던 이 일은 나에게 꽤난 큰 충격이었다.

대신 내 평생 아주 소중한 것을 얻게 되었다.

이렇게 건축에 대해 공부하고 싶어 했던 나를 불쌍히 여긴 내 사수님이 새로운 시도로 나를 이끌어 주셨다.

"이 대리, 이거 보고 번역 좀 해라."

부장님이 던져 주신 것은 FIDIC이었다. 처음에는 부장님이 장난하시는 줄 알았다.

'설마 이걸 다???…' 결국 지원군 홍찬기 대리와 함께 다 하긴 했다. 아주 엄청나게 많은 불만을 조용히 토해내며……

FIDIC은 진리다. FIDIC은 모든 계약서의 기본이라고 생각하면 된다. FIDIC만 머릿속에 있으면 그 어떤 계약서도 작성할 수 있고, 발주처와 싸울 때 아주 유용하게 써먹을 수도 있다.

사실 한국 건설 회사가 외국에 나가 일하면서 가장 힘들고 취약한 부문이 계약 부분이다.

대부분의 중동 발주처와 해외 협력업체는 영국식 계약서를 기본으로 하고 있기 때문인데, 이에 대해 상대적으로 이해도가 낮은 우리는 클레임이나 Variation에 대해 약자일 수밖에 없다. 이 부장님이 내게 주신 숙제는 훗날 내가 현장 생활을 하면서 가장 자신 있게 발주처를 상대로 싸울 수 있는 무기가 되었다. 계약서를 머리에 넣고 영업을 하니 현장에서의 문제들은 생각보다 쉽게 풀 수가 있었다.

다른 한편으로, 결국 모든 일은 사람이 하는 것이기에, 인간관계가 계약서 조항을 뛰어 넘을 수 있다는 점을 잊지 않는다면 발주처를 상대로 더 많은 것을 얻을 수 있을 것이다.

알림 아일랜드 자동차 면허증

나는 운전면허가 없다.

면허를 따야지 하면서도 왜 그리도 운전 연습이 귀찮은 것인지……

어차피 운전을 할 줄 알기에 필기 보고 실기 보면 금방 합격될 것을 뭐가 그리 귀찮은지 미루다가 결국은 면허 없이 해외 현장에 나왔다.

해외 발령을 받으면 대부분 차와 기사가 현장 직원들에게 제공되지만, 앞서 얘기했듯이, 간접비를 줄이기 위해 우리는 차도 몇 대 없고, 그러니 딸려 오는 운전기사도 몇 명 안 된다.

출퇴근 버스 운행하는 기사 1명, 소장님 운전기사 1명, 외국인 스태프 태우고 현장까지 오는 버스 기사 2명, 그리고 공항을 왔다 갔다 하는 운전기사 1명, 잡다한 일거리 운전기사 1명, 그리고 공사팀 운전기사 1명이 있다.

해외 현장에서 사고로 죽는 직원들 얘기는 심심치 않게 들려온다. 하지만 현장에서 사고로 죽었다는 얘기보다 더 많이 듣는 얘기가 음주운전 사고다.

공사팀 운전기사는 샬림Salim이다. 공사팀 직원이 11명이므로 바쁠 때는 왔다 갔다 하기 위해 운전기사를 쓴다.

하지만 샬림은 거의 내 전용 기사다. 나만 운전면허가 없어 기사가 필요했기 때문이다.

현장으로 공사팀 직원들이 한 번 출근하면 섬에서 나갈 일이 나 외엔 거의 없기 때문에 아부다비 시당국을 담당하는 나는 콘크리트 타설 작업 검사요청inspection request이 있을 때마다 기사를 데리고 나가야 했다. (지금은 절차가 바뀌어 인터넷상으로 신청하면 된다.)

현장에 처음 왔을 때, 현장에는 화장실이 없었다. 여자 직원 한 명을 위해서 화장실을 만들어 줄 수 없다는 그 당시 소장님의 말씀 때문에, 난 공사기간 내내 남자들과 화장실을 함께 쓸 수밖에 없었다.

남자들이야 어디건 화장실로 쓸 수 있지만, 여자인 나로서는 정말 난감한 일이었다.

그래서 다시 운전대를 잡을 수밖에 없었다.

급할 때마다 박 차장님에게 발주처 사무실까지 태워 달라고 할 수가 없었기 때문이다.

(물도 마시기 걱정될 만큼 급할 때마다 차로 움직여야 한다는 것은 참으로 성가신 일이었다. 특히 갑자기 배에서 신호라도 급하게 올

때면… 흑)

이런저런 이유로 차 키는 거의 내 손안에 있고, 점심시간만 되면 키를 가지고 있는 내가 운전을 해서 메인Main 사무실까지 간다.

여기는 섬이기에 아직 제대로 된 인프라infra도, 차가 다니는 도로도 없다.

그냥 모래 위로 달리는 일이 더 많은데, 그래서 그런지 빠르게 달리는 차들이 많다.

큰 장비만 잘 피하면 거의 사막을 혼자 달리는 격이고, 차도와 인도도 없으니 지킬 것도 없다. 하지만 밖에서 면허가 없이 운전을 하다가 걸리면 추방이다.

그냥 추방도 아니다. 들리는 말에 의하면 음주, 음란행위, 무면허 등, 법에 어긋나는 행동으로 인하여 경찰에 체포되면 바로 비행기에 태워 추방하는 것이 아니라 일단 감옥행인데, 단순히 감옥에 가서 하룻밤 자는 것이 아니라 머리를 삭발한다고 한다.

예전에는 구타를 했다고 하는데, 폭력성에 대한 비난 언론이 일자 이제는 남자건 여자건 삭발을 한다는 것이다.

그래서 가끔 어떻게든 경찰 손에 잡혀 한국으로의 추방을 꿈꾸던(?) 우리는 그 얘기를 듣고는 꿈을 접어야만 했다.

그래서 난 이 섬 안에서만 운전을 한다.

그래서 내 면허는 알림Al Reem면허라 부른다.

"야.야.야, 천천히 뒤를 보고, 크게 돌아, 크게." 박 차장님은 자주 내 알림면허를 의심한다. 여태껏 1년 동안 무사고를 유지하고 있는 나의 운전 실력을!

"아, 왜 이러셔요. 이래 봬도 알림면헌데. 1년의 무사고! 안전하게 메인 오피스까지 모실 테니 걱정하지 마셔요!"라고 소리치지만 차장님은 오늘도 눈을 감고 잠시 '기절'(?)한다.

"차장님 주무세요?"라고 다른 직원이 묻자,

"이 대리가 운전하잖아. 무서우니까 안 보려고 기절하는 거야. 너도 도착할 때까지 기절해 있어. 보고 있으면 불안해." 하며 눈을 감는다.

'쳇, 주무시는 거면서.'

차 키가 내 손안에 있다는 것은 가끔 답답하고 힘들 때 탈출을 시도할 수 있다는 의미도 된다. 뭐, 정확히 얘기하자면, 섬을 벗어나는 것은 아니다.

여기는 섬이기 때문에 주변에 물이 많다. 우리 현장에서 5분 거리만 차를 몰고 가면 앞에 물밖에 보이지 않는 나만의 비밀 장소가 있다.

파란 바다를 바라보고 있노라면 정말 답답했던 가슴이 조금이나마 안정되는 곳이다.

혼자 차를 몰고 가서 소리도 지르고, 가끔 욕도 하고……

나는 호주에서 자라서 그런지 바다는 언제든지, 가까운 곳에서 볼 수 있는 환경이었다. 그래서 빌딩 숲으로 이루어진 한국, 서울이라는 도시가 정말 답답하게 느껴지곤 했는데, 그나마 이 견디기 힘든 현장에서 고향의 모습을 조금이나마 가깝게 상상할 수 있는 곳이 있어 다행이다.

문제라면 툭하면 변하는 길이다.

예고도 없이 도로가 생기기도 하고 없어지기도 하기 때문에 이 작은 섬 안에서도 길을 잃을 때가 많다.

"이런 젠장!"을 남발하며 오늘도 난 알림 아일랜드Al Reem Island 안에서 헤매고 있다.

끝도 없는 배고픔

언제인가부터 미치도록 먹기 시작했다.

오늘도 아침을 7시에 먹어 치우고, 9시에 알림 카페Al Reem café에 가서 국수 한 그릇을 정신없이 집어 삼키더니 현장에 돌아와서는 협력업체 직원이 손수 만들었다며 이따 오후에 배고프면 먹으라고 건네준 샌드위치 3개, 바나나 1개, 과자와 사탕 1봉지를 부스러기도 남기지 않고 뱃속으로 밀어 넣었다.

왜 이러지? 먹어도 먹어도 계속 배가 고프니……

날리는 먼지와 모래를 피해 여기저기 숨어 보려 하는데, 피할 수가 없다.

아무리 도망을 다녀도 마치 나를 놀리듯 먼지와 모래는 조용히 내 머리 위에 소리 없이 내려앉는다.

정말 지겹다. 이 끝도 없는 먼지, 모래와의 싸움.

코도 간지럽고, 기침도 많이 난다. 목은 거의 매일 아프고, 눈도 시리고 자주 충혈되어 안약을 달고 산다.

이 많은 미세 먼지와 모래가 내 몸 안에 매일 쌓여 간다고 생각하면 걱정이 될 수밖에 없다. 그래서 현장에서 필히 챙겨 먹는 것이 비타민과 홍삼 원액이다.

하루 종일 몸 안에 쌓이는 먼지와 모래, 거의 매일 마시는 술 – 이제는 그냥 맥주는 싱거워 마시지 못한다. 무조건 폭탄주. 우리가 마시는 모든 술은 두 가지를 섞는 폭탄주다. 이렇게 마셔야 빨리, 덜 비싸게 취할 수 있기 때문이다 –, 하루에도 열두 번씩 터지는 스트레스……

이를 감안하면 현장에 나와 조금 더 받는 수당은 당연한 보상이다. 하지만 혼자 견뎌야 하는 외로움, 가족들과 떨어져 있어야 하는, 다시 되돌릴 수 없는 시간들을 굳이 비교하자면, 턱도 없다는 생각이다. 게다가 가파르게 오르고 있는 한국의 물가와 생활비를 감당하기에도 부족함이 있다.

예전의 70년대 건설이 아니기 때문이다. 지금 받는 물값이 15년 전 현장에서 받은 물값과 같다고 하니, 해외 생활 몇 년에 집을 산다는 것은 꿈같은 이야기다.

물론 요즘 같아서는 이나마도 감사해야 할 판이긴 하지만.

국내의 건설 사정이 바닥을 치며 국내 직원들이 자리를 잃어가고 있는 이 시점에서, 그나마 해외에 나올 수 있다는 것만으로도 우리는 부러움의 대상이다.

지금은 건설이 아닌 플랜트가 호황을 누리고 있다.

때문에 건축과 플랜트 부문은 연봉에서부터 월등히 차이가 난다. 플랜트 부문의 신입사원 연말 보너스가 건축 부문 부장의 보너스보다 많은 실정이다.

같은 날 입사한 플랜트 동기는 연말만 되면 날 피한다. 워낙 보너스 차이가 많이 나기 때문에 내가 이때를 노려 한턱 얻어먹으려 하기 때문이다.

"나도 플랜트로 갈 것을 그랬어. 어차피 공구리의 기억 자도 모르고 들어간 건축 부문인데, 이럴 줄 알았으면 플랜트 부문으로 가서 계약서 관리나 할 걸."

그 녀석을 만날 때마다 늘어놓았던 푸념이다.

"통장이 비어 있어서 배가 고픈가?" 하면서 장난을 쳤다.

뭐 때문에 이렇게 불안하고, 계속해서 배가 고픈지.

현장 감축(slow down) 통보 이후로 그런 증상이 생긴 것도 같고……

현장 분위기 때문인가… 감축 통보 이후로 직원들 사이에 분위기도 썰렁해졌다.

누가 가는지, 언제 가는지, 누가 남는지…. 아무 사전 통보도 없이 이틀 전 방 부장님이 "휴가"를 갔다. 그리고 내게 '오빠' 같았던 이성범 부장님도 다음 주면 복귀를 한다.

참으로 힘들게 여기까지 현장을 이끌어 온 분들이다.

아무것도 없던 모래 위에 눈에 보이는 거대한 건물을 올린 분들이다.

다음 주에는 또 그동안 정들었던, 가족 같은 누가 여기를 떠나게 될지, 떠나는 사람도, 남는 사람도 마음이 편할 리 없다.

"본사 도착해서 내 책상 좀 닦아줘. 다음 달이면 나도 들어가지 않겠어?"

아쉬운 마음에 이렇게 주절거린다.

32명 중 2명이 갔으니, 이제 남은 건 30명… 다음 주에는 이 중에 얼마나 남아 있을까……

"이 대리, 너 일루 좀 와봐."

이제야 보셨군. 드디어 끝을 보는구나……

"너 이게 뭐냐?" 안경 너머로 나를 바라보시며 '사직서'라고 쓰여 있는 봉투를 흔드신다.

"그만하려구요."

"뭘 그만해?"

"이 짓거리 이제 그만하려구요."

"뭔 일 있었냐?"

무슨 일이야 1년이 넘게 있었지. 이제 와 참지 못하고 사표를 쓰긴 했지만.

지쳤습니다. 1년을 넘게 이 현장에 있는 모든 직원들과 한 번씩은 다 싸워봤고요, 1년 동안 시당국 다니면서 감독관들에게 내가 하지도 않은 일에 잘못했다고, 한 번만 봐달라고 빌고 다녔고요, 1년이 넘도록 소리치고, 애원했습니다. 이제는 지쳐서 싸우기도, 소리치기도 싫습니다. 저 보세요. 어제 시당국 검사 승인 못 받았습니다. 박 차장님은 70% 일이 끝났다고 하셨는데, 감독관이 45%밖에 안 끝났다고 화내면서 가더군요. 45%랍니다.

가서 얼마나 또 욕을 먹었는지. 거짓말했다고, 자신들을 바보로 아느냐고 소리치더군요.

예전 같으면 박 차장님에게 왜 그러셨냐고, 앞으로 그러시면 안된다고 소리쳐야 맞지만, 저 지금 아주 편합니다. 소리치고 싸우기도 싫어요. 잘해 달라고 애원하기도 싫구요. 시당국 다니면서 제가 하지도 않은 잘못에 대해 봐달라고 비굴하게 애원하기도 싫습니다.

제가 왜 그래야 합니까? 저는 지금까지 태어나서 한 번도 남에게 비굴하게 애원하면서 살아 본 적이 없습니다. 어제 협력업체 직원이 사무실에 들어와 저한테 차마 입에 담지도 못할 욕을 하고 컴퓨터를 집어 던지려 하고, 심지어 저를 때리려고까지 한 거 아시죠? 이제는 더러워서 저도 더 이상은 못하겠습니다. 보내주십시오.

이렇게 화를 내고 소리쳐야 정상인 내가 너무 차분하다. 그래, 난 이미 너무 많이 상처를 받았고, 지쳐 있다. 그냥 쉬고 싶다는 생각뿐이다.

"이 대리, 그냥 휴가를 좀 내면 안 되냐? 왜 사표야?"

"아뇨, 전 그만둘 겁니다. 그만두고 한 달 동안 동생 있는 홍콩 가서 좀 쉬고, 보약도 먹고, 정신 수양도 하고, 전 무조건 쉴 겁니다. 그리고 다시는, 다시는 현장에 돌아오지 않을 겁니다."

"내일 휴일이니까, 다시 한 번 생각해보고, 토요일에도 마음이 바뀌지 않으면 소장님하고 애기해 보마."

하루 동안 내 마음이 바뀌지 않을 거라는 건 나도 잘 안다. 그럴 거였으면 사표 따위는 쓰지도 않았겠지.

쉬고 싶다. 육체적으로, 정신적으로 이미 너무 지쳐 있다.

아무 생각도 하기 싫고, 아무 말도 하기 싫다. 누구와도 얼굴 마주치고 싶지 않고, 누구와도 웃고 싶지 않아.

그냥 아무 생각 없이, 아무 말 없이 조용히 쉬고 싶어.

장난감을 사달라고 조르며 울다가 지친 아이처럼, 이제 더 이상의 희망은 없는 것처럼 내 마음은 이미 이 현장을 떠나고 있어.

매일 반복되는 이 지루함과 괴로운 생활에서 내 열정은 이미 식어 버린 지 오래야.

사랑하는 사람도 떠나보냈고, 외로움을 이겨 낼 수 있다고, 아무도 필요 없다고 외치던 나는 이제 정말 힘들어 눈물조차 나오지

않아.

날 좀 잡아 주면 안 될까?

이러한 나의 무기력은 나를 모래 구멍으로 끝도 없이 빨아들인다.

하늘은 내 몸을 돌보지 않자 나에게 병을 주었고, 인내심이 부족하자 나를 중동으로 보냈다. 나의 하느님은 이토록 유머감각이 뛰어난 분이다. 그리고 뛰어난 선생님이다.

다음에는 또 무엇을 나에게 알려 주실 건지……

배고픈 라마단

중동에 대해서 좀 안다는 사람들은 다 아는 라마단Ramadan. 무슬림에게 있어서 가장 큰 종교 의식이자 우리 같은 외국 노가다에게는 가장 힘든 한 달이다. 라마단의 시작 시기는 매해 다르다. 우리가 쓰는 달력과 의미가 다르기 때문에 달을 보고 정확한 날짜를 신문에 하루 전날 발표한다.

라마단의 의미는 간단하다. 1년에 한 달을 기쁨과 쾌락을 주는 그 모든 것을 중단하고 오로지 하나님 알라와 기도에 집중하는 것이다.

사우디는 무슬림들에게는 아버지 나라이자 메카가 있는 곳이라 일 년 내내 엄격한 규율에 따르고 있지만, 아랍에미리트UAE같이 관광에 의존도를 두고 있는 두바이나 외국인들이 많이 사는 아부다비 같은 곳은 아무래도 느슨하여 살기에 불편하진 않다.

하지만 라마단 한 달은 다르다.

새벽 해 뜨기 전부터 저녁 7시쯤, 해가 지기 전까지는 그 아무

189

것도, 물 한 모금도 허락되지 않는다. 음식을 비롯한 음악, 껌, 담배, 부부관계 등, 즐거움을 주는 모든 것이 금지된다.

하루에 담배를 2갑씩 피는 내 현지 친구 알리 또한 라마단이 되면 언제 그랬냐는 듯이 금연을 한다. 참 우리로서는 이해가 안 가는 일이다.

외국인들 또한 이러한 현지인들을 배려하는 차원에서 낮에는 모든 음식점이 문을 닫는다. 몰 안에 있는 가게들 또한 저녁 7시가 돼야 영업을 시작한다.

현지 무슬림들은 새벽 5시쯤 일어나 아침밥을 먹고 기도를 하고 하루를 시작한다. 하루 종일 먹지도, 마시지도 못하기 때문에 업무 효율이 떨어져, 이때는 우리 같은 외국인들은 조심하고 신경 쓰고 배려해야 한다. 힘들고 짜증나는 한 달이기 때문이다.

외국인 회사들은 그래서 업무를 4시까지밖에 하지 않는다. 현장 근로자들 또한 8시간 일하고 2시간은 보너스로 10시간 수당을 받는다.

라마단 기간 동안에 현장에서의 일은 거의 밤에 집중된다. 아무래도 라마단이 한창 더울 8월과 9월 사이이기 때문에 저녁에 비중을 많이 두고 일을 진행한다.

어차피 여름에는 가장 더운 12시부터 3시까지의 현장 일은 금지되어 있다. 새벽 5시부터 일을 시작한다 해도 12시부터 3시간을 낭비하기 때문에, 저녁 7시가 넘는 시간부터 현장을 돌리는 것이 효율적이다.

라마단이 되면 무슬림들 앞에서 먹는 것조차 금지이기에 우리는 숙소에서 밥을 먹고, 담배도 숨어서 피워야 하는 불편함이 있다.

오늘도 김 부장님은 임란Imran을 설득(?)한다.

"너도 그냥 같이 담배 피우자~~~"

"안 됩니다! 지금은 라마단 기간입니다!"

"몰라! 몰라, 밖에 더워~~~~~ 그냥 안에서 좀 피우자~~~"

물론 김 부장님에게 임란이 항상 져주는 싸움이다. 이처럼 라마단은 불편함을 주지만 그들만의 특별한 종교의식을 나는 존중한다. 항상 내가 원하는 것, 내가 하고 싶은 일에만 관심이 있는 우리에게 라마단은 잠시나마 우리가 생각 없이 누리는 모든 축복에 대해 다시 생각해 볼 수 있는 좋은 기회이기 때문이다.

내가 무슬림은 아니더라도, 한 달 동안 내가 누리고 있는 그 많은 것들에 대해 감사하고, 또한 그것들에서 소외당하고 있는 많은 이들을 돌아볼 수 있는 좋은 기회라고 생각한다.

6시가 넘어서 식당에 가면 많은 이들이 음식을 앞에 두고 해가 지기를 기다리는 진풍경을 볼 수 있다.

하루 종일 아무것도 먹지 못해 허기진 상태에서 음식을 앞에 두고 자신을 컨트롤해야 하는 그 순간이 인간에게 있어 원초적인, 어찌 보면 가장 힘든 몇 분의 시간일 수 있다. 하지만 그들은 그 시간조차도 감사하는 자세로 7시가 되기까지 기도를 한다.

지금도 나는 라마단 기간이 힘들다. 내가 먹고 싶을 때 먹지 못하고, 금요일 하루 쉬는 날 온종일 모든 가게들이 문을 닫아 쇼핑을 즐길 수 없다는 사소한 불편함에 난 라마단 기간을 힘들어 한다.

하지만 한 해 한 해 지나면서 그들과 같은 생각으로 라마단을 보내려고 노력 중이다. 단 한 달만이라도 내가 받고 있는 이 많은 축복에 대해 감사하고, 나보다 부족한 이들을 되돌아볼 수 있는 시간으로⋯ 그것이야말로 종교가 가지고 있는 진정한 의미라고 난 믿고 싶다. 단순히 믿음 하나를 내세우며 자신의 생각을 남에게 강요하는 것이 아니라, 좋은 것은 같이 배워감으로서 서로 배려하고 공감하는 사회가 되지 않을까 하는 작은 소망과 함께⋯⋯

라마단이라는 힘든 한 달이 끝나면 이드Eid가 시작된다. 이드는 마치 크리스마스 같다.

3일을 쉬면서 가족들과 모여 함께 음식도 먹고, 선물도 사서 주고, 가난한 이들에게 베풀면서, 힘들었던 라마단을 돌아보며 즐기는 축제 같은 기간이다.

이드Eid는 두 번이다. Eid Al-Fitr - 라마단이 끝난 바로 직후 -, 그리고 Eid Al-Adha - 첫 이드로부터 70일 -. 두 번째 Eid는 하느님께서 Prophet Ismail의 목이 날아가는 것을 구해준 것을 기념하기 위한 것이다. 이 기간 동안 많은 무슬림들은 평생 한 번 꿈꾸는 하지Haji 메카순례를 가거나 다음해에 갈 수 있기를 꿈꾸며 보낸다.

나에게는 크리스마스를 두 번 겪는 것과 같다. "라마단 카림 Ramadan Kareem"과 "이드 무바라크(Eid Mubarak; 축복받는 이드가 되기를)"는 내가 앞으로 살아가며 평생 잊지 못할, 중동에 살며 가장 많이 써본 현지어 인사말이 아닌가 싶다.

아, 인샬라가 있었지……

슬로 다운

발주처에서 공사대금이 나온 지 이제 6개월이 넘어가고 있다. 계약서 상의 계약 조건을 무시한 지 이미 오래다. 클레임Claim 을 할 경우 고객과의 관계 때문에 아무리 계약상 공사대금 기성에 대한 클레임이 가능하다 해도 Main contractor 입장에서 할 수 있는 마지막 수단은 슬로 다운뿐이다.

간접비를 줄이기 위해 한국 직원들은 본사로 돌려보내고, 외국인 스태프 또한 최대한 줄여야 한다.

그래서 첫 5명이 선출되었다. 방 부장님은 사우디의 새로운 현장으로 발령을 받았고, 나머지는 본사로 돌아가게 되었다. 나역시 그 중에 한 명. 현장에 온 지 정확히 1년 2개월 만이다.

지겹다. 또 짐을 싸야 하는구나. 내 보따리 인생은 왜 이리도 한곳에 오래 정착을 하지 못하는지. 지옥 같은 현장을 벗어날 수 있음은 잠시. 나는 한국에서 또 '내 집'이라고 부를 곳을 찾아야 한다. 가구도 다시 사야 한다. 이 반복되는 홀로 이사와 살림 차리기……

세상을 보겠다는 나의 굳은 다짐은 한 해 한 해 나이가 들어가며 점차 지쳐 가고 있다.

난 어려서 자전거를 꽤 잘 탔다. 7살 때였던가? 엄마가 태어나자마자 사주신 네발 자전거를 과감히 버리고 택한 두발 자전거.
"너 혼자 탈 수 있겠어?" 걱정을 하시면서도 어쩔 수 없이 사주셔야만 했던, 나보다 조금 더 키가 컸던 자전거. 자존심이 강해 큰 아이들이 타는 자전거를 타겠다며 다리가 땅에 닿지도 않는 큰 자전거를 택했다.
가르쳐준 사람은 없었다. 넘어지며, 수없이 넘어지며 평생 갈 흉터를 무릎에 문신해 가며 나는 자전거를 이용해 하늘을 나는 법을 배워갔다.
두 손 놓고 타기, 언덕에서 점프하기, 아파트 친구들과 공터 질주하기… 내게는 걷는 것보다 더 쉬웠다.
학교에 들어가기도 전에 자전거 위에서 하늘을 날았던 나는, 얼마 전 아름다운 코니쉬Corniche 바닷가 근처로 산책을 나갔다가 27년 만에 다시 자전거 위에 앉았다.
그런데 중심을 잡을 수가 없었다. 옆으로 계속 넘어지는 자전거. 내가 정말 그 어린 나이에 이 위에서 날아다녔단 말인가?
내 자신조차 믿을 수 없을 만큼 나는 단 1분도 자전거 위에 앉아 달릴 수 없었다.

왜일까?

무엇이 이렇게 두려운 것인가? 넘어질까봐 무서워서 나는 가다 서다를 반복했다.

이제는 자전거에서 넘어지는 것도, 높은 곳에서 밑을 내려다보는 것도, 무서운 롤러 코스터roller coaster를 타는 것도, 사랑을 다시 하는 것도…, 다 무섭다.

7살 때 넘어져도, 뒹굴어도, 피가 나도 아프지 않았던 내 몸은 이제 시작도 하기 전에 아프다고 엄살이다.

그만큼 나이가 든다는 것은 슬픈 일이다. 세상일들이 더 많이 두려워진다는 것이니……

일도, 사랑도……

돌아온 자리

"줄리아나! 축하해! 너의 회사가 가장 낮은 입찰가를 냈어. 해냈어!"

다리가 후들거렸다. 입찰 서류를 낸 지 이틀이 지난 후였다. 웃어야 할지, 울어야 할지 얼른 판단이 서지 않았다. 하늘을 보며 한숨을 쉬었다. 눈물보다는, 웃음보다는 한숨이 먼저 나왔다.

복귀 발령을 받은 지 7개월이 지났다. 하지만 난 아직도 여기 있다. 내 짐이 담긴 박스 2개와 이민 가방이 먼지를 먹고 있는 동안······

복귀 날짜가 확정되고 비행기 표를 기다리며 친구들에게 전화해 복귀 소식을 알리고 있던 중, 김형호 부장님이 잠시 부르시더니 2주만 연기하란다.

뭐 2주쯤이야. 그만큼 현장 수당도 받으니 나 또한 좋고. 감사히 연기해 드리지요.

그리고 알아보라며 고객 리스트Client list와 발주 예정인 프로젝트 리스트Project list를 주셨다.

내가 무슨 걸어 다니는 '네이버 지식인'도 아니고, 어디서 이 많은 정보를 찾는다…?

하지만 내가 누군가? 맨땅에 헤딩 전문, 자칭 중동 전문가 아닌가.

2주를 넘기고, 다시 1달을 넘기며 인터넷을 통한 면밀한 조사와 전화 통화, 미팅을 통해 난 우리 회사를 고객에게 알려가며 프로젝트 입찰 정보를 얻어냈다.

그런 나만의 방식으로 나는 해외영업에 뛰어들게 되었다.

"철근이 없다고!"

땀에 젖어 어두운 방에서 스프링 튀어 오르듯 깜짝 놀라 일어났다. 한동안 꿈속인지 아닌지조차 구별하기 힘든 몇 초 동안 난 숨을 가다듬었다.

'이지영. 숨을 천천히 쉬어… 그래 천천히…'

더 이상 꿈속이 아니라는 것을 깨닫는 순간 어이가 없었다. 철근이 없다고. 나 참… 내가 언제부터 철근까지 신경썼다고.

이제 하다하다 별 꿈을 다 꾸는구나……

난 예전부터 잠을 편히 자지 못한다. 밤새 뒤척거리다 새벽이다 되어 잠이 들곤 했다.

아부다비에 와서는 매일 새벽에 잠이 드는 것도 모자라 밤마다 꿈인지 현실인지 구분도 안 가는 영화를 본다. 너무 생생해 깨어나서도 한참을 멍하니 앉아 있곤 한다.

내가 결혼보다 일이 좋아 혼자 세상을 떠도는 글로벌 비즈니스 노숙자global business homeless가 되었지만, 결국 나도 내가 사랑하는 한 사람과 평생을 같이 하고 싶은 마음이 깊은 것이다.

그 꿈은 다시 내가 영업을 시작하면서 잠시 접어 두어야 하는 꿈이 되어 버려, 아마 그 망할 놈의 꿈을 앞으로도 더 꾸어야 할지도 모른다.

내 작은 바람(?)은 한 사람 꿈이 아닌, 버라이어티하게 꾸는 것이다.

조인성, 현빈, 정우성… 많구먼.

갈 수 없는 나라 – 사우디

여자가 중동에서 영업을 한다는 것은 정말 힘든 일이다. 특히 건설업은 더욱 그렇다.

비즈니스나 건설업 종사자의 대부분이 남자들인 중동에서, 여자가 섣불리 영업을 한다고 나서는 것은 어리석은 짓이다.

혹 얼굴만 믿고, 여자라서 쉽게 영업을 할 수 있겠다고 생각한다면, 당장 때려치우라고 말해주고 싶다. 그건 내가 영업을 잘하기 위해 피눈물 나는 현장 생활을 버틴 것에 대한 모욕이기 때문이다.

영어는 누구나 할 수 있다. 하지만 영업은 영어를 한다고 아무나 할 수 있는 일이 아니다. 얼굴 마담 정도로 영업을 할 생각이라면 중동의 영업을 너무 우습게 본 것이다.

건축 출신도 아닌 내가 피눈물을 머금고 현장을 뜬 것은 내가 파는 물건과 내 자신에 대해 제대로 알고 고객을 상대하기 위한, 사람의 마음을 얻기 위한 과정이었다. 그 정도의 노력 없이 영업을 할 수 있을 것이라는 생각은 아예 버리는 것이 좋다.

그런 여자들을 지금까지 많이 봐 왔다. 고객은 대화를 조금만 해보면 당신이 전문가인지 아닌지 금방 구별한다. 여자라고, 얼굴만 믿고 뛰어들었다간 결국 아무 성과도 없이 얼굴 마담 역할만 하고 끝날 것이다.

착각하지 마라. 여기는 다 프로들뿐이니.

중동에서 영업을 하다 보면 컨설턴트라 부르는 브로커들을 많이 만나게 된다.

대부분 건설회사 출신들이며, 프로젝트를 성사시키는 대가로 수수료commission를 요구한다. 그리고 우선 계약서에 싸인을 요구할 것이다. 자신들의 커미션이 포함되어 있는.

나 또한 처음 영업을 시작했을 때 이러한 제의를 수도 없이 받았었다.

"이 계약서에 싸인을 하기 전에는 프로젝트에 대한 어떤 정보도 줄 수 없다."

처음에는 이 계약서에 싸인하지 않으면 이 프로젝트가 다른 업체에게 넘어가지 않을까? 정말 먼저 돈이라도 줘야 하지 않나, 라고 고민하곤 했지만, 이제는 안다.

"프로젝트는 우리 결정권 안에 있어"라고 하든지 "우리는 결정권자와 아주 가까운 사이야"라는 말은 이제 더 이상 나에게 통하지 않는다.

하지만 지금 이 순간에도 많은 업체들이 그 말에 속아 아직 토지 선정도 안 된 그런 프로젝트를 위해 돈을 송금하고 있을 것이다.

"이 또한 다 지나가리라…" 그리고 깨우치리라.

물론 당연히 그렇지 않은 사람들도 있다. 내가 만난 사우디 친구들이 그렇다.

처음에 그들을 만날 때, 그 흔한 브로커 중 하나일 것이라 생각하고 별 기대 없이 미팅에 참석했다.

그들이 사우디 왕자와 친하다나 어쨌다나… 워낙 많이 듣는 얘기인지라, '나도 알아, 사우디 왕자. TV와 잡지에서 많이 봤어' 하고 속으로 코웃음을 쳤다.

호텔 로비 커피숍에서 기다리고 있으니 현지인 옷차림을 한 남자 2명이 나에게 다가왔다.

자신들을 사우디 술리만 왕자Prince Suliman의 친구라고 소개하고 나서, 사우디에서 공사를 함께 추진할 한국 대기업을 찾고 있다고 했다.

뭐, 여기까지는 예상했던 멘트고……

자, 이제 슬슬 계약에 대한 얘기를 해야 하지 않나?, 라는 나의 생각을 읽은 듯, 만약 사우디 정부와 공사 계약이 성사되면 자신들에게 하청 일을 달라는 것이었다.

하지만 그 전에 자신들의 말을 증명하기 위해 나보고 사우디에 가서 왕자와 직접 면담을 하라는 것이었다.

이런 멘트 또한 많이들 하는 것이니 별 부담 없이 알았다고 하고 돌아왔다.

그리고 며칠 후, 사우디 T**** 회사라며 나에게 여권 사본copy을 보내 달라는 것이었다.

그리고 다음날 사우디 행 오후 2시 비행기를 타라고 하였다.

아니, 비행기 표도 없고, 비자도 없는데…?

걱정하지 말고 그냥 공항에 가서 기다리란다.

'이거, 사기 치고는 너무 대책 없는 거 아냐?'

"부장님, 어떡하지요?"

"뭘 어떡해, 밑져야 본전이니 가방 싸서 공항으로 가서 기다려 보자."

30분 만에 단촐하게 짐을 싸서 공항으로 갔다.

오후 2시 비행기면 3시간 전에 탑승해야 하고, 아무리 2시간 전에 티켓을 발행한다 해도 아직 비행기 표도 없고 비자도 없는데……

오후 1시 20분까지도 연락이 없어서 '그럼 그렇지' 하며 가방을 들고 자리에서 일어나는 순간에 전화벨이 울렸다.

"지금 바로 비즈니스 티켓 카운터로 가서 비행기 티켓을 받고 서비스 카운터로 가서 팩스를 받으세요."

시키는 대로 했다.

비즈니스 표가 그 자리에서 발행되었고, 서비스 센터에서 기다리고 있으니 내 이름으로 팩스 한 장이 왔다. 아라비아 글자로 써 있어서 카운터의 아가씨에게 물어 보니,

"마담, 이지영 씨가 맞나요? 이것은 사우디아라비아 왕에게서 온 로열 비자입니다."

이렇게 얘기하며 방긋 웃는 것이 아닌가.

정말? 이게 비자라고? 자세히 들여다보니 내 여권 번호가 찍혀 있기는 했다.

시간을 보니 어!?

"부장님!!! 받았어요!!! 사우디 로열 비자royal visa래요!!" 하며 부장님께 달려갔다.

"말도 안 돼. 정말 이게 사우디 비자라고? 혹시 모르니 내가 들어가는 문gate 앞에서 기다리고 있을게. 이게 아니면 어떻해!"

부장님과 나는 반신반의하며 게이트까지 갔다.

"부장님, 잘 들어왔어요. 괜찮겠지요? 그래도 로열 비자라는데 사우디에서 납치당하지는 않겠지요?"

막상 비행기 안에 앉아 있으니 순간 걱정이 조금 되었다. 처음

보는 사우디 남자 둘의 말만 듣고 가는 것이니……

"이 과장, 걱정마. 혹시 몰라서 사우디 KAPSAC 현장 김용훈 과장보고 공항에 나와 있으라고 했어. 도착하면 나와 있을 테니, 어딜 가도 함께 움직여. 이 과장, 파이팅!"

비행기 안에서 몸을 가리는 사우디 여성 옷 아바야Abaya로 갈아입고 조용히 기도를 올렸다.

"하느님, 제발 사우디에서 납치 안 당하게 해주시고, 정말 사우디 왕자 만나서 좋은 공사 많이 수주하게 해주세요!"

이라크까지 다녀온 나인데 그깟 사우디가 문제냐!, 라고 생각하면서도 역시 두려움은 나이가 들수록 더욱 깊어져 간다는 걸 새삼 느꼈다.

비행기에서 내리자 기다리는 이들이 있었다. 소중히 손에 잡고 있던 비자를 가지고 가서 뭐라뭐라 자기들끼리 얘기하더니 누군가 나에게 따라오라고 했다.

공항에서 받은 로열 비자.

듣기로는 입국하는 절차에만 기본 2시간이라 했는데, 나는 10분 만에 공항에서 밖으로 나왔다.

공항 직원은 나오자마자 나를 미리 기다리고 있던 한 남성에게 건네주고 돌아갔다.

"이 과장!" 어디서 들려오는 익숙한 목소리!

"형님!" 김용훈 과장님이었다.

"야, 이제 사우디까지 다 오고! 환영한다!"

"그러게요. 이제 웬만한 중동 국가는 다 다녀 봤다고 해도 되겠는데요. 하하!"

나를 마중 나온 운전기사는 어려보이는 남자애였다. 18, 19살 정도? 그런데 영어를 한마디도 못했다. 허걱!

"이 과장, 저놈 그냥 따라가도 괜찮은 거냐?" 하시면서 나에게 물으셨다.

"그래도 비싼 BMW인데, 괜찮겠지요?" 하며, 운전기사에게 혹시나 하는 마음에 다시 말을 걸어 보았다.

"Where are we going?"

하지만 그 아이는 아까부터 오케이, 오케이만 남발하고 있다. 대체 뭐가 그리도 OK인지.

김 과장님은 다시 만나기로 하고, 마중 나온 차를 타고 40분 정도 어딘지 모를 곳을 향하여 갔다.

한참을 창문 밖에 지나치는 사우디의 낯선 풍경을 보고 있노라니 뭔가 좀 이상한 느낌이 들었다.

'뭐지……'

딱히 뭐라 얘기하기도 그런 느낌.

시간이 좀 지나 유심히 밖을 보니, 여자가 없는 것이었다.

당연하지. 사우디는 유일하게 여자가 운전은커녕 사회 활동도 하지 못하는 나라다.

커피숍 앞에서건, 길거리에서건, 차안에서건, 여자라고는 그림자조차 볼 수가 없었다. 사실 내가 이 남자 운전기사와 부부도, 형제도, 부녀도 아닌데 한 차에 함께 있다는 것만으로도 경찰에 체포될 수 있는 상황이었다. 만일 나에게 로열 비자가 없었더라면 감히 상상도 할 수 없는 일이다, 사우디에서는.

한참을 가다 보니 금색으로 빛나는 커다란 문이 나타났다.

그리고 차가 문 앞에 서기도 전에 총을 든, 아주 험악하게 생긴 분들이 우리 차로 다가왔다.

한참을 아랍어로 뭐라 얘기하더니 나에게 여권을 달라고 하였다.

당연 그 상황에서 여권이 아니라 뭘들 못 줬을까……

10분 정도 떠들며, 여권 한 번 보고 나 한 번 보고, 전화 하고 소리치고 하더니 들어가란다.

문에서부터 다시 한참을 차로 이동하였다. 깊 옆의 화려한 정

사우디에서 나를 마중 나온, 영어를 전혀 못하는 운전기사.

원에 피어 있는 꽃 풍경은 공항에서 여기까지 오면서 본 모습들과는 사뭇 다른 풍경이었다.

15분 정도 갔을까, 드디어 왕궁 현관 앞에 서 있는 사람들이 나를 반겼다.

그 전에 이미 전화로 통화를 하였던 Prince Mohamed Bin Salman Bin Abulaziz Al Saud의 개인회사 CEO인 미스터 마지드Mr. Majed가 나를 반겼다.

"사우디아라비아의 왕궁에 오신 걸 환영합니다." 하며 나를 왕궁 안으로 안내하였다.

그 안은 내가 지금까지 보았던, 사람이 사는 그 어느 곳보다 화려하고, 크고, 높았다.

거실 같은 곳에 앉으니 벽에는 왕과 왕자들의 사진이 가득하였고, 왕족royalty의 위엄이 보였다.

사실 그 미팅에는 모함메드 왕자His Highness Prince Mohamed

가 참석하기로 하였으나, 그날은 사우디 왕이 미국에서 병 치료를 받고 귀국하는 날이어서 아쉽게도 참석을 하지 못했다.

미팅이 끝나고 나에게 왕궁을 둘러보고 가라고 하더니, 참으로 미안한 표정으로,

"우리 왕궁 안에는 동물원이 있고, 사격장·영화관 그리고 볼 것이 많이 있습니다. 그런데 죄송합니다만 어제 코끼리 중 한 마리가 죽어서 사자만 볼 수 있겠네요."

아, 코끼리… 흠…

북한 사람들

아랍에미리트에서는 북한 사람들을 종종 볼 수 있다. 가슴 오른쪽에 김일성 배지를 달고 다니기 때문에 구별이 쉽다.

북한 인력의 노동력은 중국 인력의 3배, 방글라데시 인력의 6배다. 정말 무서운 속도로 일을 한다. 품질 면에서 아무래도 한계가 있긴 하지만 현장에서 가장 중요한 시간과의 싸움에서 일의 속도는 공기를 좌우하는 중요한 요소다. 그렇기에 현지에서는 북한 근로자들을 선호하는 회사가 많다.

아쉽게도 대한민국 회사가 북한 인력을 고용하는 것은 불법이므로 가끔 친분이 있는 외국계 건설 회사의 현장 방문 때 일하는 광경을 보는 게 전부다.

이런 일도 있었다고 한다. 북한 인력 50명이 일하는 현장에서 노동자 한 명이 7층에서 떨어져 죽었는데, 나머지 사람들은 거의 신경도 안 쓰고 일을 계속했다고 한다. 그들에게 생존이란 어떤 의미일까, 자못 우리의 삶과는 많이 다를 것 같다는 생각을 하게 되었다.

그렇게 일해서 이들이 한 달에 손에 쥐는 돈은 단 10만 원. 하루 10시간, 주 7일, 한 달을 꼬박 일해야 내가 흔히 먹는 음식 두 끼 정도의 돈이다.

두바이에는 북한 정부가 직접 운영하는 식당 「옥류관」이 있다. 「옥류관」에 들어서면 선녀를 떠오르게 하는 어여쁜 여성들이, 단아한 한복 차림으로 손님을 맞는다.

"남조선(?)"의 강남이나 명동에서 매일 마주칠 수 있는 그런, 어디에선가 본 듯한 그러한 생김새가 아닌, 완벽하진 않지만 눈을 떼기 힘든 언니들이 나긋나긋한 목소리로 손님의 주문을 받는다.

음식은 아무래도 자극적인 조미료에 익숙한 우리 입맛에 약간 싱겁고 "맛이" 덜하다고 느낄 수 있다. 처음 갔을 때 평양냉면을 무척이나 기대했다가 몹시 실망했던 기억이 난다.

호주에도 북한 사람들이 있다고 하는데, 난 살면서 한 번도 본 적이 없었다. 그래서인지 꼭 한 번 만나보고 싶다는 생각을 예전에도 많이 했었다.

당연히 그들은 내가 어려서 어렴풋이 기억하는 북한에 대한 이미지와는 달랐다. 뿔도 없고, 얼굴도 빨간색이 아니었다.

"남조선"인들이 손님이기도 하지만, 이들은 "남조선"인들을 또한 경계한다. 아무래도 북한에서 다른 나라로 파견되기 전에 받는 교육 때문일 것이다.

이 여성들은 모두 북한 김일성 예술대학 졸업생으로, 그중 외모나 능력이 상위 2% 안에 들어가는 인재들로 구성되어 있다고 한다. 때문에 매일 저녁 8시마다 식당에서는 특별한 공연을 한다. 노래, 춤, 악기 연주까지… 참으로 소름이 끼칠 만큼 아름다운 목소리와 온몸이 오글거리면서도 눈을 뗄 수 없는 아름다움에 박수가 손을 떠나지 않는다.

그들도 나와 같이 가족을 멀리 두고 타국 땅에 와서 고생하고 있는 것을 알기에, 난 항상 그 아름다운 목소리와 음악에 가슴이 미어져 온다.

이 여성들 중에 '옥성'씨는 나와 친하다. 나이는 아직 갓 25살도 안 된, 아직 젖살(?)도 빠지지 않은 그런 아가씨다.

내가 "남조선" 사람이 아닌 호주 사람이라서 그런지 옥류관의 여성들은 나에 대한 경계심이 다른 한국 사람들에게보다 적다. 같이 쇼핑도 다니고 싶고, 맛있는 음식도 사주고 싶지만, 이들은 외출이 금지되어 있다. 필히 외출을 해야 할 시에는 단체로, "반장"이라는 사람의 감시 아래 움직여야 한다.

그러니 당연히 나와 단둘이 쇼핑이나 나들이를 한다는 것은 불가능한 얘기다.

알면서도 난 늘, "옥성 씨, 다음 휴일 때는 나랑 꼭 쇼핑 같이 가요." 하고, 옥성이는 항상, "네, 알겠슴다. 다음 휴일에 꼭 언니랑 같이 가겠슴다." 하고 대답한다.

그러면서 우리는 알고 있다.

단지 선 하나를 사이에 두고 우리 민족이 서로 나눠져 하나일 수 없는 현실처럼, 옥성 씨와 나는 같은 공간에 있으면서도 함께할 수 없다는 것을.

그래서 나는 잡고 싶은 손을 자중해 가며 웃고 만다.

해외 건설현장의 유일하고도 당찬 여성

아무리 생각해봐도 이지영 씨는 전생에 중동에서 뭔가 엄청난 일을 했던 게 틀림없다. 아마 수백 km를 가로지르는 원정군 총사령관이었거나, 수천 km를 오가는 상인 행수였거나……. 한여름에는 40도를 훌쩍 넘는 뜨거운 중동에서, 그것도 거칠기 짝이 없는 건설현장을 누비는 사업가 아가씨는 여러모로 어울리지 않는 조합이다. 그런데 특이하게도 이지영 씨라면 또 왠지 잘 어울린다.

이지영 씨를 처음 만난 건 2011년 6월이었다. 당시 기획취재 때문에 아부다비를 방문했던 차에 여러 가지로 큰 도움을 받았다. 당시 SK건설 아부다비 사무소 건설사업 분야에서 일하던 이지영 씨는 대번에 '이 분 기사 되겠다'는 생각이 들게 만들기에 충분했다. 건설사업 분야 주재 인력 30여 명 가운데 유일한 여성이라는 것도 그렇지만, 여성으로서 직접 안전모를 쓰고 건설현장을 경험한 건 국내 건설회사를 통틀어 유일하다고 할 정도였다.

당시 이지영 씨는 중동에 발을 붙인 지 벌써 5년째였다. 어릴 때 부모를 따라 호주로 이민 가 그곳에서 대학까지 졸업한 뒤 얻은 한국에서의 첫 직장은 UI 전략기획실이었다. 김대중 정부 시절 '최규선 게이트'로 유명한 최규선이 부회장으로 있는 그 회사 말이다. 이라크 북부 쿠르드 자치정부에서 건설 수주를 맡으면서 중동과 인연을 맺기 시작했다고 했다. "당시는 김선일 씨 피랍사건이 발생한 직후였어요. 한국 국적으론 비자가 안 나왔죠. 제가 호주 시민권자여서 입출국이 자유롭다는 이유 때문에 저를 그곳에 보낸 거였죠."

바닷바람이 부는 아부다비 식당에서 점심을 먹으면서 쿠르드 자치정부 고위인사들과 인맥을 쌓은 얘기를 듣는 건 정말이지 짜릿한 경험이었다. 마치 이븐 바투타나 마르코 폴로가 미지의 세계를 향해 여행을 떠나는 얘기를 듣는 기분이었다. 쏘지도 못하는 총을 차고 쿠르드 자치정부 인사를 만나러 어디든 달려갔던 얘기가 압권이었다. 건설현장을 알아야겠다는 생각에 현장 근무를 자원해 1년 반 동안 바닥을 기었던 얘기는 또 어떤가.

당시 취재수첩에 이런 얘기가 쓰여 있다. "노가다라는 게 내가 생각했던 것보다 훨씬 거칠었어요. 태어나서 처음으로 듣도 보도 못한 희한한 욕도 들어보고요. 너무 힘들어서 남몰래 눈물을 흘린 적이 한두 번이 아니었지만 그래도 현장을 마치고 영업을 하니까 새로운 게 보이기 시작하더라고요. 두바이 현지 기업 관계자들과 만나는데 대화가 술술 되는 거예요. 프로젝트 제안서를 보는 안목도 생겼고요."

아닌 게 아니라 이지영 씨가 당시 소개해준 현지 인사들은 하나같이 거물들이었다. 대기업 회장, 아부다비 상공회의소 고위 관계자들, 중앙은행 수석전문위원, 거기다 왕족까지……. 그때 인연이 지금껏 이어지는 게 내 복이구나 하는 생각을 항상 한다. 호주와 중동, 한국 등 넓은 세계를 경험한 사람만이 가질 수 있는 통찰력과 지식 덕분에 이지영 씨와 만날 때는 항상 시간을 넉넉하게 비워놓아야 한다. 대화가 너무 즐거워서 도끼자루 썩는 줄 모르기 때문이다.

이지영 씨가 경험담을 담은 책을 낸다는 소식을 듣고 처음 든 생각. '드디어 올 것이 왔구나.' 많은 이들이 이 책에서 『아라비안나이트』속 신드바드 여행담을 읽는 것 같은 즐거움을 누릴 수 있으리라 믿는다. 이지영 씨가 겪은 다양한 경험과 견문이라면 충분히 그럴 수 있을 테니까.

- 강국진(서울신문 기자)

루와이스Ruwais에 첫 발자국

그랬었다.

ADNOC은 아부다비의 국영 오일 및 가스Oil & Gas회사다. 세계에서 가장 까다롭다는 발주처 중 한 곳이다. 즉 망할 일도, 돈을 못 받을 일도 없지만, 그만큼 악명이 높기에 공사하기가 보통 힘든 것이 아니다.

한국 회사들은 ADNOC의 계열사인 TAKREER, ADGAS 등의 발주를 받아 웬만한 오일 및 가스와 원전 공사를 싹쓸이하고 있었지만, 아쉽게도 건축 공사는 단 한 곳도 수주를 못하고 있는 실정이었다.

어느 날 김형호 부장님이 "니 영업대상 찾았다." 하시며 나에게 ADNOC의 직원 한 사람을 소개했다.

이 만남이 우리 회사가 ADNOC의 주 계약자main contractor로서 첫 발걸음을 딛는 계기가 되는 사건(?)이었다.

ADNOC 사무실에서 만난 그분은 나이가 지긋하시고, 중동의 거의 모든 남성들이 그렇듯이 머리숱이 무척이나 적은 분이었다.

나는 만나자마자 저녁 식사를 하자고 제의하였고, 그날 저녁 우리는 저녁 식사와 물담배 시샤를 하며 많은 이야기를 나누었다.

기본적으로 중동에서 여성이 영업을 하는 것은, 앞에서도 얘기했듯이, 드물기도 하지만 조심해야 하는 일이 한두 가지가 아니다.

자칫 잘못하면 마치 그들을 접대하는 직원 정도로 착각하기 때문이다.

그래서 나는 더욱 전문적이고 기술적인, 내가 현장에서 배우고 들은 모든 지식을 동원하여 그와 대화를 이끌어 갔다.

그는 내가 엔지니어인지 물어왔고, 내가 엔지니어가 아닌 것에 대해 무척이나 놀라워했다. '엔지니어도 아닌데 어떻게 현장에 대해 그렇게 많은 것을 알고 있냐.'며……

'서당개 3년이면… 이렇게 된답니다.'

그분과의 인연으로 우리는 루와이스 집짓는 프로젝트housing project의 입찰 참여 기회를 얻을 수 있었다. 어느 나라가 그렇듯이 때로는 아는 것보다 아는 사람이 중요하다.

그리고 한 통의 전화,

"Juliana! Your company is the lowest bidder!(줄리아나! 너희

회사가 가장 낮은 입찰 금액이야!)"

"정말요? 진짜요?"

소리를 치려는 그 순간,

"하지만 윗분들이 승인을 하기 전에 아직은 얘기해서는 안 돼. 계획한 대로 진행될지는 확실치 않으니까."

그렇다.

아부다비의 ADNOC은 발주가 많은 만큼 입찰이 끝나고 그 결과를 뒤집는 일도, 그 프로젝트 자체를 아예 취소시키는 일도 비일비재하다.

아랍에미리트 돈 500만 디르함AED 500 million 이상의 프로젝트는 SPC라는 윗선의 결재와 ADNOC 회장의 결재가 마지막으로 있어야 한다.

축배를 들기에는 이른 단계였다.

미팅을 끝내고 내려오면서 김형호 부장님에게, "맥주나 한잔 하시지요."라고 얘기했다. 그 시간이 오후 4시⋯⋯

부장님은 나를 잠시 이상한 눈빛으로 쳐다보았다.

그것도 그럴 것이, 지금까지 내가 먼저 술을 마시자고 부장님께 얘기를 꺼낸 적이 단 한 번도 없었기 때문이다.

"맥주? 그러지 뭐."라고 하면서도 뭔가 수상한 눈빛으로 나를 쳐다보셨다.

차에 타고서야 부장님께 낮은 목소리로,

영업 7개월만에 수주한 ADNOC PI accommodation 프로젝트. 현장 초기 모습.

"우리가 최저가lowest 입찰이랍니다."라고 말했다.

"이 과장! 정말이야!"라고 환호를 지르며 핸드폰을 잡으려는 순간,

"그런데 아직 아무에게도 얘기하면 안 된다는데요."라는 아쉬운 소식을 전달해 드렸다.

"그래? 아무리 그래도 부문장님과 권 팀장님에게는 얘기해야 하는 거 아닌가?"라고 말씀하셨다.

하긴, 나 역시 지난 7개월 동안 나를 믿고 지원해 준 두 분에게 가장 먼저 이 기쁜 소식을 전하고 싶었다.

하지만 만약에… 만약에라도…, 라는 생각에 아직 그럴 수가

현장 막바지 모습.

없었다.

"안 됩니다. 부문장님과 팀장님이 보고를 받으신다면 본사 윗선에도 분명 보고를 해야 할 텐데, 비밀이란 3명 이상 알게 되면 더 이상 비밀이 아닙니다. 혹 이 소식이 외부에 알려진다면 그분도 난처해질 뿐더러, 저희 회사도 불이익을 받을 수 있습니다. SPC가 사인을 할 때까지 일주일만 기다려 달라고 합니다."

"그럼, 이 기쁜 소식을 어떡하지… 우선 니 말처럼 맥주나 한 잔 하러 가자."

맥주가 아닌 양주였다. 부장님이 시킨 것은.

작은 병의 조니 워커 블랙Johnny Walker Black. 양주 한 병을 사이에 두고 우리는 지난 7개월을 회상하였다.

그동안 겪었던 그 많은 일들을 회상하며 김형호 부장님 눈가도 촉촉해졌다.

"자식, 그동안 많이 힘들었지?"

'힘들었다.' 이 짧은 단어로 어찌 건축 출신도 아닌 내가 현장이라는 낯선 곳에 와서 겪어야 했던 그 많은 일들을 담아낼 수 있을까?

처음 현장에 부임하여 화장실도 없는 컨테이너 박스에서 일하며, 모진 말들을 다 삼켜야 했던 그 시간들……

여자 화장실이 없어 남자들과 함께 써야 했던 그 수치스럽던 순간들……

크리스마스이브에 술이 떡이 되어 나도 모르게 집에 전화해 엄마와 전화통을 붙잡고 30분 넘게 엉엉 통곡만 했던 그 시간들……

안전화가 너무 커서 현장 철근 위에서 수없이 넘어져 무릎이 까지고 피가 나도 약해 보일까봐 몰래 퇴근 시간까지 기다렸다가 눈물 찔끔거리며 찬물로 씻어 내려가던 그 기억들……

나 죽이겠다는, 평생 들어보지 못한 욕설을 매일 들어가며 그래도 이 악물고 참아야 했던 그 시간들……

영업비용을 아끼기 위해 돈을 내고 봐야 하는 사이트site에 접속해 3초 만에 사라지는 영업 정보를 부장님과 둘이 서로 번갈아 적어가며 지금까지 버텨왔던 그 시간들……

그리고 이 순간을 위해 지금껏 만나 왔던 그 많은 사람들……

눈물이 나려고 했다.

"그래, 많이 힘들었지? 이제 됐어. 이제는 웃어도 돼."

일주일 후에 결재가 날 것으로 믿긴 했지만 그래도 혹시나 노심초사, 제대로 축배도 못 들며 기다렸는데 ADNOC의 회장이 바뀌었다. 설상가상으로 그 회장이 모친상을 당하며 우리의 프로젝트가 과연 계획대로 진행이 될 것인지에 대해 나는 다시 몇 주를 끙끙 앓아야 했다.

그리고 막상 결재가 다 끝났을 때는 이미 본사에서 사람들이 나와 현장 준비를 하고 있었고, 긴장도, 가슴이 벅차던 기쁨도 다 지나간 후였다.

너무 오래 기다렸던 탓인지, 수주 확인 공문을 받고, 현장 직원 회식 때에는 그냥 잠이나 실컷 자고 싶다는 생각뿐이었다.

"원래 영업을 한 사람은 다른 사람들이 다 즐길 때 못 즐기고, 막상 축배를 들 때가 오면 이미 그 시기는 다 지나간 후야."라고 하던 김 부장님의 말씀이 떠올랐다.

수주 확인 공문을 받기 전에 SPC에 결재가 올라갔다는 말만

들고 빌라 앞에서 아이처럼 신나게 나를 향해 뛰어 오시던 모습이 생각났다.

"그래, 이지영이, 드디어 해냈네. 그럴 줄 알았어."

라는 부문장님의 따뜻한 칭찬이 나에게는 그 어떤 회식보다 더 의미있었다.

누군가가 나를 응원해주고 믿어준다는 것은 어쩌면 우리가 살아가는 데 있어서 가장 소중한 자산이 아닐까 생각해 본다.

지금, 그리고 내일이 의미하는 것들

나는 지금 PI staff Accommodation 건설 현장 사무실에서 지난 7년 동안의 중동 생활을 회상하며 퇴근을 준비하고 있다.
여기는 또 다른 현장으로, 새로운 동료들 그리고 예전의 알림 Al Reem 직원들이 함께 일하고 있다.
예전보다 난 더 강해졌고, 현명해졌고, 이제 울지 않는다.
힘들 때마다 나에게 힘이 되어 주는 동료들이 생겼고, 우리는 김형호 소장님 지휘 아래 현장을 뛰고 있다.
얼마 전 새로운 직원이 발령 받아 왔다. 아직 보지 못한 상태인데 소장님이 나에게 오셨다.
"이지영, 이번에 새로운 직원이 공사팀에 왔는데 엄청 무섭게 생겼어. 너보다 한 살 위인데 니가 말 놓고 친구 먹으면 내가 저녁 사줄게."
유치한 베팅betting이지만, 당근 오케이.

조용히 공사팀 사무실로 갔다. 항상 그렇듯이 진성호 부장님과 별 영양가 없는 얘기를 재미있게 하며 주변을 살폈다. 좀 지나 사무실로 분명 한국사람 같이 생긴 슈렉이 들어왔다. 어마어마하게 큰 그리고 어마어마하게 무섭게 생긴… 우선 후퇴다.

그리곤 우리 팀 막내이자 현장의 꽃, 안전 담당 매니저인 장준열을 찾아갔다.

"준열아, 저녁에 밥 먹고 물담배나 피우러 가자."

"네, 그러시죠."

착한 장 대리는 단 한 번도 내가 뭘 하자고 하는 것에 토를 단 적이 없다. 참 착한 후배다.

그리곤, "이번에 공사팀에 과장 한 명 새로 왔다. 데리고 와." 하며 자연스럽게 자리를 마련하였다.

사람이 무엇인가를 원할 때는 최대한 분위기를 좋게.

그리고 김종련 부장님도 초청.

마지막으로 소장님도.

저녁 식사 후 다 같이 물담배 시샤를 피우러 숙소 근처로 갔다.

신입 과장, 대충 눈치를 보니, 성격은 직선, 소같이 일하는 스타일, 말은 돌려 못함……

돌직구가 적격일 듯하다.

"새로 오신 분, 나랑 한 살 차이라고 하던데 그냥 친구 하지 뭐."라고 던졌다.

그러자 나를 무서운 눈으로 쳐다보더니,

"그래."라며 웃는 게 아닌가. 이런, 너무 쉽잖아. 이 과장 승 win!

"야! 넌 덩치와 다르게 뭐가 그리 단순하냐?!! 한 살이나 어린 데 동생이잖아!"하며 소장님께서 반발을 하였다.

하지만 그는 웃으며,

"한 살 차이면 현장에선 그냥 친구지요 뭐. 그리고 제가 현장에는 더 늦게 발령 받아 왔으니 중동 경력으로 따지면 제가 후배지요 뭐. 하하하⋯⋯"

그리하여 김이겸 과장은 나에게 현장에서뿐만이 아니라 삶에서까지 진정한 친구가 되었다.

이번 현장에서는 소장님이 나에게 사무실을 따로 내주었다. '영업하는 놈이 손님들 찾아왔을 때 따로 얘기할 만한 장소도 없으면 얼마나 회사를 만만히 보겠냐'며 배려를 해준 덕분에 난 조용히 작업을 할 수 있는 장소가 생겼다.

업무 외에 내 사무실은 직원들의 쉼터가 되었다. 난 먹을 것을 쌓아 두고 누구나 쉬고 싶을 때 와서 쉴 수 있는 공간으로 만들었다.

이 공간을 가장 많이 활용한 게 장준열 대리다.

안전팀장이자 나에게 너무나 감동을 주었던 후배다.

낮 시간 몸이 근질근질해질 때면 어김없이,

알림 아일랜드 C-13 프로젝트 첫 공구리.

"과장님~~~" 하며 내 방으로 찾아와 먹을 것을 찾던 준열 대리.

내가 물담배 시샤를 피우고 싶거나 두바이에 갈 일이 있으면 언제나 자진해서 운전을 해주던 두바이 베스트 드라이버. 덕분에 두바이를 편하게 다닐 수 있었다.

내가 현장을 떠날 때 내가 가장 좋아하는 젤리를 자그마치 10만 원 어치나 사서 통에 넣어 준 심성이 착하고 정이 많은 후배다.

김종련 부장님과 귀엽게 다툰 후 내 방으로 찾아와,

"과장님, 그건 아니잖아요."라고 할 때마다 알림Al Reem 현장

에 있을 때 내가 김 부장님이나 소장님에게 했던 모습이 생각
나 많이 웃기도 했었다.

내 나이 들어가는 것을 해마다 축하해주러 오는 고마운 후배
님. 언젠가 다시 현장에서 만날 일이 있기를……

임헌진.

라면 하나는 기가 막히게 끓이는 친구. 이건 정말 기억해야지.

현장에서 그마나 스트레스를 풀 수 있는 것 중에 하나는 술
이다.

어려서 마시던 술이 즐기기 위한 술이었다면, 현장에서 마
시는 술은 살기 위해 마시는 술이다. 하루를 버텼다는 안도
감…… 한숨과 뒤섞인 외로움을 달래주는 유일한 친구.

현장은 위험한 곳이다. 우리가 뉴스에서 종종 듣고 보는 그러
한 위험이 매일 우리를 기다리고 있다.

한 번은 콘크리트 타설 후 거푸집slab이 무너져 가슴을 쓸어내
린 적도 있다. 다행이 점심시간이어서 인명 사고의 큰 일은 피
할 수 있었다.

안전제일Safety First! 항상 아침마다 외치고 또 강조하지만,
1,400명이 넘는 인원을 한 명 한 명 다 지켜볼 수도 없는 노릇
이다.

최선을 다할 뿐.

견디기 힘든 날씨, 말이 통하지 않는 인력, 매일같이 싸워야 하는 발주처, 감리…… 이런 하루가 끝나면 우리는 술로 마음을 달랜다.

그래서 숙소 냉장고 안에는 음료수는 없어도 술이 떨어져서는 안 된다.

무슬림 나라인 중동에서는 술을 한국처럼 편하게 구입할 수도, 공공연하게 마실 수도 없기에 항상 술은 넉넉히 준비되어 있어야 한다.

이렇게 마시고 나면 항상 땡기는 것이 라면이다. 그런데 나는 라면 물 맞추는 것을 영 못한다. 희한하게 물이 너무 많거나 적다. 그러니 라면 맛이 제대로 살지 못한다.

그럴 때면 난 임 과장을 불러낸다.

우리 숙소는 빌라 4채를 동시에 빌려, 한 빌라당 5~6명이 생활을 한다. 같은 팀끼리, 또는 친한 사람들끼리 뭉쳐 생활을 한다.

다행히 방마다 화장실이 있어 여자인 나로서는 다행이다.

"임 과장, 술도 한잔 했는데 라면이 땡기지?" 하며, 난 내 몸에 없는 애교를 만들어 내며 라면을 얻어먹기 위한 몹쓸 연기를 한다.

그 순간에 먹는 라면은 세상 어디의, 미쉘랭 파이브스타 레스토랑보다 맛있다.

그리고 마음을 위로한다. 내일은 오늘보다 나을 거야……

오늘도 하루를 버텼다.

난 아직도 하루하루를 버티며 살고 있다.

아부다비의 3개의·건축 현장 중에 하나는 발주처의 자금 문제로 공사 중지가 되어 있고, 다른 두 현장은 비용이 오버되어 비상인 상황이다.

나와 영업 전선에서 함께 투쟁을 했던 김형호 부장님은 이제 내가 버티고 있는 이 현장의 소장이 되었고, 우리는 가끔 영업할 때의 추억에 대해 얘기하곤 한다.

앞으로 한동안 해외 공사를 하지 않을 수도 있다.

본사에서는 이익이 없다며 건축 해외 현장을 접자는 얘기까지 나온다고 한다.

상황이 정말 좋지 않은 것이다.

하지만 나는 우리가 여기서 멈추지 않았으면 하는 강한 바람이 있다. 지금까지의 우리의 노력과 땀이 수포로 돌아가는 것을 원하지 않기 때문이다.

아직까지 한국 회사들이 해외에 나와 건축 현장을 통해 원하는 만큼의 이익을 얻지 못했다. 하지만 우리가 당장 눈앞에 보이는 이익만을 추구한다면, 한국 건설의 미래는 밝지 않을 것이다.

지금 우리가 겪고 있는 어려움들로부터 교훈을 얻고, 후배들에게 이에 대해 교육해야 하며, 앞날을 위해 투자해야 한다.

나는 골프를 치지 않는다.

중동에서 영업을 하는 사람은 골프를 칠 필요가 없기 때문이다. 이 더운 나라에서, 한여름에 골프를 치는 사람은 한국 사람밖에 없다고 한다.

대신 나는 물담배 시샤를 피운다. 밤 10시가 넘어 현지인들과 밥을 먹고, 3~4시간 동안 시샤와 함께 지속되는 대화를 나눈다. 당연히 시샤는 몸에 좋지 않다. 영업을 위해 시샤를 피우라는 것이 아니다. 영업과 한국 건설의 미래를 위해 현지화하라는 말이다.

우리가 매일 외치고 있는 세계화globalization는 김형호 부장님의 말씀을 빌리자면 결국 현지화localization다.

현지와 동화가 되지 못하면서 어떻게 이들을 이해하고 이들과 교류하고 이들과 일할 것인가?

현재 세계적인 금융 위기와 건설업의 타격으로 많은 건설 회사들이 어려움을 겪고 있다. 이는 우리 회사도 마찬가지다.

대형 플랜트 사업에만 의존하며 미래에 대한 준비와 투자를 하지 않는다면, 이제 플랜트 공사 수주를 시작한 중국 업체들과 경쟁조차 할 수 없을 것이다.

영원한 승자는 없다.

우리가 지금 비록 플랜트 분야의 독주를 하고 있다지만, 창조 없이는 1위 자리를 유지할 수 없다.

가끔 그런 농담을 한다.

훗날 내 자식 중에 말썽 피우는 놈이 있다면 난 꼭 건축을 전공시키고 꼭 해외 현장에 보내겠다고.

그만큼 해외 현장의 생활은 잔인하고, 고달프고, 외로운, 자신과의 싸움터이다.

그런 고통의 결실이랄까, 건설업은 지금의 발전된 대한민국을 만든 기반foundation이었다고 말할 수 있을 것 같다.

그리고 대한민국이 세계 최강의 건설대국이 될 수 있었던 것은, 현장에서의 수많은 선배, 동료, 후배들의 처절한 땀과 노력 덕분이라고.

사랑하는 사람들과 생이별을 하며 타국에서 피땀 흘리는 대한민국의 '노가다'야말로 진정한 애국자라고 나는 감히 얘기할 수 있다.

나의 사막에서의 도전이 언제까지 지속될지는 모른다.

당장 내년 5월 말이면 우리 현장의 공사가 끝난다. 후속 공사가 없다면, 나의 도전 또한 멈추게 될 것이다.

하지만 나는 오늘도 미래에 대한 희망을 꿈꾸며 공구리를 칠 것이다.

에필로그

꽤나 오랜 시간 머문 정든 곳이었다, 나에겐……

나는 지금 그곳에 있지 않다.

해외 건설업의 악화와 유가 하락으로 많은 한국 회사들이 중동을 떠났고, 건설 수주 영업이 전부인 나 또한 그곳을 떠나게 되었다.

엔지니어가 아닌 내가 건설업에 종사하며 느낀 것은 한국인의 위대함이었다.

외국에서 자라면서 한 번도 보지 못했던 그 열정, 가족을 위한 희생, 헌신……

이 사람들이 작고 힘없던 대한민국이라는 나라가 이렇게 성장하는 기둥이 되었던 것이다. 나는 그 현장을 직접 체험하게 된 것이 자랑스럽다.

한편, 한국 기업들의 문제도 우리가 고민해 봐야 하는 숙제다.

중동에서의 현지화localization 실패, 대기업의 끝도 없는 프로세스, 소모적인 절차……

현장이 끝나면 위에서는 "왜 이리 현장의 손실이 크냐?"며, 다

알고 있지만 아무도 대답하지 않는 질문을 하고 또 한다.
그리고 다시 현장은 반복된다.

자, 그렇다면 이제 나는, 우리는, 대한민국은 무엇을 고민해야
하는가.

10년 후 나의 바람과 모습 적어보기

10년 전, 내가 중동으로 처음 떠날 때 내 절친이자 평생 매니저 민이가 나에게 프랭클린Franklin 다이어리를 선물해 주었다. "네가 원하는 것들, 네가 간절히 원하는 너의 10년 후 모습을 여기에 적어봐" 하면서.

그래서 별 생각 없이 적었다. 나의 모든 바람을.
나는 자기 개발 류의 책을 읽지 않는다. 나에게 세상은 살아남기 위한 전쟁 같은 하루하루의 연속으로, 그들이 말하는 추상적이고 감성적인 자기 개발은 별로 의미가 없었기 때문이다.
하지만 그저 적어 봤다. 별 생각 없이……

그리고 바로 얼마 전, 이사를 준비하면서 찾은 그 다이어리.
그 안에는 10년 전 내가 10년 후의 나를 그리며, 내가 바라던 것 7가지가 적혀 있었다.
그리고 10년이 지난 지금, 난 그중에 5가지를 해냈다는 걸 확인할 수 있었다. 그 당시 상상도 못했던 것들로.

그래서 다시 한 번 써보려 한다. 앞으로 10년 후의 나의 바람과 모습을.

이번에는 10가지로.

그리고 다시 10년 후, 더 당당하고 행복해진 나를 찾았으면 하는 작은 바람이다.

"길이 있어 가는 것이 아니다. 가다 보면 길은 생긴다."

이지영(Juliana Lee)

80년대 초, 어린 나이에 넓은 세상을 보여주길 원한 부모님에 이끌려 호주로 이민을 가게 된다. 시드니에서 초중고를 마치고 New South Wales 대학교를 졸업할 때까지, 이민 초창기 1.5세대들이 겪는 인종 차별과 좌절, 이를 극복하기 위한 도전을 반복하며 성장하였다.

여느 이민 1.5세대들과 마찬가지로 드라마로만 접했던 조국에 대한 그리움과 궁금증으로 한국을 방문하여 머물던 중, 우연한 기회로 이라크와 사업을 하는 회사에 입사, 그 당시 모두 위험하다고 피하던 이라크 쿠르드 지역 출장을 시작으로 중동과 인연을 맺기 시작하였다. 그리고 막 전쟁에서 벗어난 이라크 지역 재건 사업을 위해 두바이를 오가며 1인 지사장을 맡아 활동하였다.

이후 SK건설에 입사하여 첫 건설 현장인 아랍에미리트의 아부다비, 1,500명이 넘는 건설 현장의 유일한 여성으로 근무하며 영업과 계약 업무를 맡았다. 여자 화장실이 없어 남자들과 같이 사용하고, 맞는 사이즈의 안전모와 안전화가 없어 수없이 넘어지고 깨지며, 중동 국가에서 그리고 건설 현장에서 여성에 대한 편견에 맞서 도전과 성장을 해 왔다.

그렇게 10년, 지금은 아시아 지역에서의 IOT 및 에너지 사업을 진행하며, 두바이의 Pillixy 대표 겸 한국 UVC 공동 대표로 재직 중이다.

32분의 1

초판 1쇄 인쇄 2016년 11월 1일 | 초판 1쇄 발행 2016년 11월 10일
지은이 이지영 | 펴낸이 김시열
펴낸곳 도서출판 자유문고

(02832) 서울시 성북구 동소문로 67-1 성심빌딩 3층

전화 (02) 2637-8988 | 팩스 (02) 2676-9759

ISBN 978-89-7030-102-0 03810   값 13,000원

http://cafe.daum.net/jayumungo (도서출판 자유문고)